투르크계 오구즈 부족의 이야기
키타비 데데 고르구드:

고르구드 아버지의
영웅서사시

유수진, 마심리 레일라 옮김
방민호 감수

차례

축사 · 4

1 바사트가 외눈박이 테패괴쥐를 물리친 이야기 · 7

2 디르새 칸의 아들, 부가즈 이야기 · 39

3 살루르 가잔의 집이 약탈 당한 이야기 · 71

4 바이배래의 아들, 밤스 배이래크 이야기 · 107

5 가잔 베이의 아들, 우루즈가 포로로 잡힌 이야기 · 175

6 두카 노인의 아들 돔룰 이야기 · 215

작가의 말 | 유수진, 레일라 · 232

감수자의 말 | 방민호 · 239

축사

『키타비-데데 고르구드』 한국어판 출간을 진심으로 축하드립니다. 이 귀중한 서사시가 한-아제르바이잔 문학·문화 교류사에 새로운 장을 열게 되었습니다. 뜻깊은 순간에 함께할 수 있어 매우 기쁩니다.

『키타비-데데 고르구드』는 고대 오구즈 부족들의 삶과 투쟁을 한데 녹여 낸 위대한 문학적 유산입니다. 구전 전통과 문자 문학이 유기적으로 결합해 탄생했지요. 이 서사시에는 아제르바이잔 구전 민속 모티브가 풍부합니다. 아제르바이잔 문학의 장엄한 서막으로 견고한 사상과 예술의 토대를 이루고 있지요. 이 서사시는 민족정신을 일깨우는 '아타(조상)의 책'으로 오늘날까지 소중히 전승되어 오고 있습니다.

작품의 핵심 인물 데데 고르구드(고르구드 아타-아버지)는 오구즈 공동체의 최고 현자입니다. 난제를 해결하고 길을 제시하는 '아버지'의 표상이지요. 베이래크, 우루즈, 바사트, 테패괴쥐 등의 영웅담과 가잔 칸의 장대한 서사는 용기·우정·헌신·공동체적 연대를 노래해요. 이 서사시는 시대와 국경을 넘어 보편적 감동을 전합니다.

또한 『키타비-데데 고르구드』는 아제르바이잔 정신이 깃든 요람으로 민족적 자각과 애국심을 길러 주는 살아 있는 교과서입니다. 이번 한국어판 출간을 통해 이 숭고한 메시지가 국경을 넘어 널리 울려 퍼지기를 기대합니다.

이 서사시가 한국 독자 여러분에게 소개될 수 있도록 헌신해 주신 번역자와 출판 관계자 여러분께, 그리고 본 사업을 아낌없이 지원해 주신 모든 분께 아제르바이잔 국민을 대표하여 깊이 감사드립니다. 여러분의 열정과 노고가 있었기에 두 나라는 '책'이라는 견고한 다리 위에서 굳건히 손을 맞잡았습니다.

『키타비-데데 고르구드』가 전하는 지혜와 감동이 한국 독자들의 마음에 오래도록 남아, 두 나라가 서로의 문화와 전통을 존중하며 우정을 쌓아 가기를 기원합니다.

이사 하비브바일리 회장
(아제르바이잔 국립 과학 아카데미)
Isa Habibbayli President (Azerbaijan National Academy of Sciences)

1
바사트가 외눈박이 테패괴쥐를 물리친 이야기

오랜 옛날 오구즈인들[01]이 고향에서 평화롭게 살고 있었다. 그러던 어느 한밤중 갑자기 적이 쳐들어오자 깜짝 놀란 오구즈인들이 정신없이 도망치기 시작했다. 두려움에 떨며 달아나던 피난민 중에 아루즈라는 노인이 있었다. 허둥대며 피난길에 오른 노인은 그만 갓난아이를 길바닥에 떨어뜨리고 말았는데, 마침 근처에 있던 사자가 순식간에 아이를 물고 가 버렸다.

시간이 흘러 오구즈인들이 고향으로 돌아왔다. 그런데 하루는 오구즈 칸의 말을 돌보는 마부가 숲에서 이상한 일을 겪었다.

---

01) 오구즈Oğuz는 투르크부족 중 하나이다.

"칸이시여. 숲을 지나는데 갑자기 갈대 사이에서 사자 한 마리가 나타났습니다. 그런데 뛰어넘는 모양새가 사자를 닮기는 했어도 마치 사람 같았습니다. 눈 깜짝할 사이에 말을 잡아서는 피를 빨아 먹었습니다."

옆에서 이 말을 들은 아루즈 노인이 말했다.

"칸이시여. 제가 고향을 떠나 도망가다 아이를 잃어버렸습니다. 혹시 그때 떨어뜨린 제 아이가 아닐까요?"

해괴한 사건을 들은 베이[02]들이 말을 타고 사자 굴을 찾아갔다. 베이들은 일부러 사자를 도망가게 해놓고 소년을 생포하는 데 성공했다. 아루즈 노인은 무사히 아이를 집으로 데리고 올 수 있었다. 아루즈 노인은 아이에게 맛있는 밥상을 차려주고 좋은 이불을 펴서 잠자리를 살펴주었다. 노인은 여러 방법으로 아이의 마음을 얻으려고 애썼다. 그러나 노인의 노력에도 불구하고 아이는 어느 날 집에서 도망쳐서 다시 사자 굴로 가 버렸다. 노인은 사자 굴로 다시 찾아가서 아이를 집으로 데려왔다. 이 소식을 들은 고르구드 아버지

---

02) 베이bəy는 귀족을 부르는 칭호이다.

가 아루즈 노인을 찾아왔다.

"얘야, 너는 사람이란다. 동물과 어울려 살지 말고 영웅들과 어울리거라. 명마를 타고 용감한 영웅들과 함께 말을 달리거라. 네 형은 그얀 샐지크란다. 내가 오늘 너에게 바사트라는 이름을 주노니 이름은 내가 주지만 너의 운명은 알라신이 주셨음을 명심하거라."

어느 날 오구즈인들이 여름 방목지로 이동하게 되었다. 아루즈 노인에게는 사르라는 이름을 가진 양치기가 있었다. 오구즈인들 중에 양치기 사르보다 빨리 이동하는 자는 없었다. 여름 방목지에는 긴샘이라 불리는 유명한 샘이 있었다.

그날 긴샘에는 선녀들이 모여 있었다. 그날도 양치기 사르가 가장 먼저 여름 방목지에 도착했고, 그의 양 떼가 긴샘 근처를 지나고 있었다. 그런데 갑자기 양들이 놀라서 허둥대는 게 아닌가.

"대체 무슨 일이야?"

양치기 사르는 선두의 상황을 파악하려 급히 양 떼 앞쪽으로 달려갔다. 긴샘에 모인 선녀들을 발견한 양치기 사르는 날개를 활짝 펼친 선녀들의 모습에 홀딱 반해서 자신도 모르게 입고 있던 망토를 벗어서 던졌다. 망토로 한 선녀를 붙잡은 양치기 사르는 욕정을 참지 못하고 그만 선녀를 범하고 말았다.
놀란 양들이 갈팡질팡하며 뛰어다닐 때 선녀가 날개를 펴 날아오르며 말했다.
"양치기여. 일 년이 되는 때에 내게 찾아와서 나에게 있는 네 것을 가져가거라. 네가 저지른 일의 대가로 오구즈인들에게 불운이 닥칠지어다."
양치기 사르는 잔뜩 겁에 질려 두려움에 떨면서도 앞으로 선녀를 보지 못한다는 생각에 너무 슬펐다. 선녀에 대한 그리움으로 사르의 안색은 점점 나빠져 갔다.

시간이 또 흘렀다.
오구즈인들이 다시 여름 방목지로 이동하고 있었다. 양치기 사르는 다시 긴샘으로 향했다. 사르와 사르의 양 떼가 긴샘 근처에 다다르자 이번에도 양들이 우왕좌왕하기 시작했다. 양치기 사르가 서둘러 양 떼 선두 쪽으로 가자, 반짝반짝 빛이 나는 고깃덩어리 하나가 긴샘 앞에 놓여 있는 것이 아닌가.

이때 선녀가 나타났다.

"양치기여. 그때 말한 네 것이 이것이다. 이리 와서 네 것을 가져가거라! 이로 말미암아 오구즈인들에게 악운이 닥치리라."

깜짝 놀란 양치기 사르는 저도 모르게 한발 물러서서 무릿매용 돌을 집어 들었다. 사르는 고깃덩어리를 향해 돌을 힘껏 던지기 시작했다. 그러나 돌이 고깃덩어리에 부딪힐 때마다 덩어리는 점점 더 커졌다. 두려움에 떨던 양치기 사르는 덩어리를 그대로 버려두고 허둥대는 양 떼를 따라 달아나 버렸다.

마침 그때 바인드르 칸이 베이들을 대동하고 긴샘 근처를 지나는 중이었다. 일행이 긴샘을 지나가는데 긴샘 옆에서 뭔가 이상한 생명이 잠을 자고 있지 않은가. 그 생명은 머리와 발이 뚜렷하게 구분되지 않는 매우 특이한 모습이었다. 바인드르 칸과 베이들은 이상한 모양의 덩어리를 둘러쌌고 그중 한 사람이 말에서 내려 덩어리를 힘껏 차 보았다. 그런데 어이없게도 덩어리는 차면 찰수록 점점 더 커져만 갔다. 이를 본 다른 영웅들도 말에서 내려 덩어리를 차기 시작했다. 그러나 덩어리는 발에 차일수록 더 커졌다. 이를 보던 아루즈 노인도 말에서 내려 덩어리를 찼다. 그런데 그때 아루즈 노인이 신고 있던 장화 뒤꿈치에 박힌 철심이 덩어리에 닿았고 그 바람에 덩어리의 양막이 터지면서 남자아이가 나왔다. 놀랍게도 아이는 눈이 하나밖에 없었다. 사람의 몸을 가졌으나 머리에 눈이 하나밖에 없는 생명이라니. 이때 아루즈가 자기 옷 앞자락으로 아이를 감싸고 칸에게 간청했다.

"칸이시여. 이 아이를 제게 주십시오. 우리 아들 바사트와 같이 키우겠습니다."

바인드르 칸이 답했다.

"그리하시오."

아루즈 노인은 외눈박이 테패괴쥐를 데리고 집에 도착해서 바로 유모를 불렀다. 유모가 아이에게 젖을 물리자 아이는 단숨에 유모의 몸에 있는 모유를 빨아 먹었다. 두 번째로 젖을 물리자 이번에는 유모의 몸에 있는 피까지 빨아 먹었다. 유모는 아이에게 세 번째로 젖을 물린 후 복숨을 잃고 말았다. 아루즈는 이후에도 유모를 몇 명 더 불러서 아이에게 젖을 물렸지만 그럴 때마다 유모들은 목숨을 잃었다. 사람들은 외눈박이 테패괴쥐에게 유모를 들여 키우는 방법을 포기하고 가축 젖을 먹이기로 의견을 모았다.

  외눈박이 테패괴쥐는 가축 젖을 먹으며 자랐다. 그러나 하루에 한 냄비씩 가득 채워서 마셔도 아이는 늘 배가 고팠다. 아이가 자라 걸어 다니게 되자 또 문제가 생겼다. 아이는 또래 아이들과 어울려 놀다가 함께 놀던 아이의 코를 물어뜯어 먹었다. 어떤 때는 함께 놀던 아이의 귀를 물어뜯어 먹기도 했다. 주변 사람들이 외눈박이 테패괴쥐를 못마땅하게 여기다 못해 급기야 어찌할 바를 몰라 하며 아루즈 노인을 찾아왔다. 이웃들은 이 사태를 어찌하면 좋으냐, 울면서 하소연했다. 노인은 외눈박이 테패괴쥐를 타일러도 보고 때려도 보았다. 어떻게든 폭력적인 행위를 막아 보려 했으나 외눈박이 테패괴쥐는 노인의 말을 듣지 않았다. 결국 아루즈 노인은 외눈박이 테패괴쥐를 쫓아낼 수밖에 없었다. 그러자 외눈박이 테패괴쥐의 선녀 어머니가 찾아와서 테패괴쥐의 손가락에 반지 하나를 끼워 줬다.

"아들아, 이 반지를 끼고 있으면 화살이 네 몸을 뚫지 못하며 칼도 네 몸을 베지 못하리라."

외눈박이 테패괴쥐는 오구즈인들의 거주지를 떠나 높은 산으로 올라가서 살았다. 테패괴쥐는 산을 막고 근처를 지나는 사람을 납치해 살아가는 무서운 강도가 되었다. 테패괴쥐가 강도질을 일삼자 참다못한 사람들이 외눈박이 테패괴쥐를 잡으러 왔지만 아무리 강한 화살을 쏴도 테패괴쥐의 몸을 뚫지 못했고 검을 휘두르고 찔러도 테패괴쥐의 몸에 상처 하나 내지 못했다. 외눈박이 테패괴쥐는 산을 지나는 사람이라면 평범한 사람이든 양치기이든 상관하지 않고 다 잡아먹었다. 오구즈인들도 가리지 않고 잡아먹혔다.

어느 날 오구즈인들이 모여 외눈박이 테패괴쥐를 공격하러 왔다. 이를 본 외눈박이 테패괴쥐는 화가 나서 나무 한 그루를 통째로 뽑아 그들에게 던졌다. 쉰에서

예순 명의 사람들이 한꺼번에 목숨을 잃었고 영웅들의 우두머리인 가잔은 부상을 당했다. 가잔의 형제 가라 귀내도 외눈박이 테패괴쥐와 싸웠으나 졌고 되잔의 아들 알프 뤼스탬은 테패괴쥐와 싸우다 죽었다. 우슌 노인의 용감한 아들도 테패괴쥐와 싸우다 목숨을 잃었다. 대미르돈루 마마그도 외눈박이 테패괴쥐와 싸우다가 전사했다. 붉은 피의 콧수염 뷔크뒤즈 애맨도 외눈박이 테패괴쥐와 싸우다 지고 말았다.

흰 수염의 아루즈 노인은 외눈박이 테패괴쥐의 문제

로 걱정을 너무 많이 하느라 피를 토할 지경이었다. 오구즈인들은 외눈박이 테패괴쥐 때문에 갖은 어려움을 겪고 있었다.

오구즈인들이 고르구드 아버지를 불러 이 일을 어떻게 하면 좋을지 논의했다.

"외눈박이 테패괴쥐에게 조공을 바칩시다."

의견을 모은 오구즈인들은 고르구드 아버지를 외눈박이 테패괴쥐에게 보냈다. 고르구드 아버지가 외눈박이 테패괴쥐를 찾아갔다.

"아들아, 내 말을 잘 들어 보렴! 오구즈 땅이 너로 인해 많이 힘들어하고 있어. 이러다 오구즈가 멸망할 지경이야. 그들이 너와 협상해 보라고 나를 여기로 보냈단다. 오구즈인들이 너에게 조공을 바치면 어떠냐고 묻더구나."

외눈박이 테패괴쥐가 답했다.

"하루에 육십 명을 모아서 보내 주세요."

데데 고르구드 아버지가 제안했다.

"그렇게 되면 아마 우리 고향에는 사람이라고는 아무도 남지 않을 텐데. 네가 우리 모두를 먹어 버리게 될 거야. 이러면 어떠냐? 하루에 사람 두 명과 양 오백 마리는 줄 수 있을 듯힌데."

고르구드 아버지의 협상안을 듣고 외눈박이 테패괴쥐가 답했다.

"그래요, 그렇게 하세요. 그리고 추가로 요리할 사람도 둘 주세요!"

고르구드 아버지가 오구즈 땅으로 돌아왔다.

"부늘르 노인과 야파글르 노인을 외눈박이 테패괴쥐의 요리사로 보내시오. 그리고 하루에 사람 둘씩, 양 오백 마리씩을 조공으로 보내시오."

사람들이 고르구드 아버지의 협상안에 동의했다. 아들 넷을 둔 자는 한 아들을 내주고 세 명이 남았다. 아들 셋을 둔 자는 한 아들을 내주고 두 명이 남았다. 아들 둘을 둔 자는 한 아들을 내주고 한 명이 남았다.

가파그간이라는 남자는 아들이 둘이었다. 가파그간은 이미 한 아들을 제물로 보냈고 이제 한 아들만 남은 상황이었다. 그런데 이번에는 남은 아들의 순서가 되었다. 가파그간의 부인은 울음을 멈추지 못했고 급기야 비명을 질러 댔다. 이러한 일이 벌어지는 당시, 아루즈의 아들인 바사트가 멀리 원정을 갔다가 돌아오는 중이었다. 가파그간의 부인이 말했다.

"바사트가 지금 원정에서 돌아왔다는데 아마도 포로를 잡아 왔을 거예요. 내가 바사트에게 찾아가서 우리 아들 대신 보낼 노예 하나를 구해 보겠어요. 그래야 우리 아들을 구할 수 있을 것 같아요."

바사트는 황금 장막을 세우고 그 아래에 앉아 있었다. 그때 멀리서 여자 한 사람이 다가오더니 황금 장막 안으로 들어와서 바사트에게 말했다.

"당신의 화살 손잡이는 당신의 손바닥 안에 들어가지 않을 만큼 커요.

당신은 숫염소의 뿔로 만든 튼튼한 활을 가졌다지요.

오구즈에선 당신의 명성이 대단합니다.

아루즈의 아들, 영웅 바사트여. 제발 나를 도와주세요!"

바사트가 물었다.

"무슨 일인가요?"

가파그간의 부인이 답했다.

"이 험한 세상에 한 남자가 나타났는데 오구즈인들은 이 남자 때문에 여름 방목지에 가지 못해요. 그고 날카로운 강철 검도 그의 머리카락 한 올을 벨 수가 없어요. 옥수숫대로 만든 날카로운 창을 가진 자들도 그의 살을 뚫지 못해요. 자작나무로 만든 화살을 쏘아도 그의 몸에 박히지 않아요. 영웅들의 우두머리 가잔도 크게 다쳤어요. 가잔의 형제인 가라귀내도 그에게 졌어요. 붉은 피의 콧수염 뷔크뒤즈 애맨도 그에게 맞았어요. 흰 수염이 난 당신의 아버지는 이 일로 걱정하느라 음식을 전혀 못 들 지경이에요. 당신의 형제, 그얀 샐지크는 벌판에서 목숨을 잃었어요. 오구즈 베이들 중엔 목숨을 잃은 이도 있고 다쳐서 장애를 얻은 이도 있어요. 오구즈인들이 일곱 번이나 고향에서 달아나야 했어요. 지금은 조공을 바치고 있는데요. 하루에 사람 두 명, 양 오백 마리를 요구해요. 부늘르 노인과 야파글르 노인을 요리사로 보냈어요. 아들 넷을 둔 자는 한 아들을 내주었고 아들 셋을 둔 자는 한 아들을 내주었으며 아들 둘을 둔 자는 한 아들을 보냈어요. 저도 아들 둘을 두었답니다. 한 아들을 내주고 한 아들이 남았지요. 그런데 말입니다. 이번에 다시 우리 가족 차례가 돌아왔어요. 하나 남은 아들을 내놓으라고 합니다. 저를 제발 도와주세요."

바사트의 눈빛이 어두워지고 눈에 눈물이 가득 차올랐다. 바사트는 죽은 형제를 위해 울었다.

"바위틈에서 싸우다 진 당신의 장막을 그 괴물이 박살 냈을 겁니다. 형님.

마구간에서 뛰놀던 말을 그 괴물이 빼앗았을 겁니다. 형님.

낙타 중 단봉낙타를 그 괴물이 가져갔을 겁니다. 형님!

형님의 연회에 쓸 양을 그 괴물이 도축했을 겁니다. 형님!

형님과 형님의 아름다운 아내가 이별하게 했을 겁니다. 형님!

흰 수염이 난 우리 아버지가 아들 때문에 울어야 했을 겁니다. 형님!

얼굴이 고운 우리 어머니의 마음을 너무나 아프게

했을 겁니다. 형님!
 내 맞은편 저기 높은 산의 꼭대기이신 형님.
 세차게 흐르는 물의 굽이치는 물줄기이신 내 형님!
 튼튼한 내 등의 힘이신 형님! 어둠이 내려앉은 내 눈의 빛이신 형님!"

 바사트는 여자에게 포로 한 명을 주면서 말했다.
 "어머니여. 어서 가서 아들을 구하세요."

 가파그간의 부인은 포로를 데리고 돌아와 자기 아들 대신 내주고 아루즈 노인을 찾아가 기쁜 소식을 전

했다.

"아들이 돌아왔어요."

이 소식을 들은 아루즈 노인은 기뻐했고 오구즈 베이들은 바사트를 마중했다. 바사트가 아버지의 손에 입을 맞추고 나서 둘은 울고 또 울면서 눈물을 흘렸다. 바사트가 어머니가 계신 집으로 찾아가자 어머니는 아들을 안아 주며 환영했다. 바사트가 어머니의 손에 입을 맞추고 나서 둘은 통곡했다.

오구즈 베이들은 바사트가 고향으로 돌아와서 기뻤다. 그들은 한자리에 모여 음식을 먹으며 그간의 이야기를 나눴다. 그때 바사트가 물었다.
"베이들이여. 우리 형님의 복수를 하러 외눈박이 테패괴쥐에게 가려 합니다. 어떻게 생각하십니까?"

가잔이 답했다.
"외눈박이 테패괴쥐는 자라서 거대한 괴물이 되었다네.
내가 그놈을 들어서 내동댕이치려 했으나 그러지 못

했다네.

외눈박이 테패괴쥐는 부시부시한 호랑이가 되었다네.

나는 그놈과 높은 산중에서 싸웠으나 그를 무찌르지 못했다네. 바사트여!

외눈박이 테패괴쥐는 광견병에 걸린 사자로 변했다네.

나는 빽빽한 갈대숲에서 테패괴쥐를 무너뜨리지 못했다네. 바사트여!

영웅이 참 좋긴 하지만 자네가 나, 가잔보다 잘 싸우지는 못할 걸세. 바사트여!

수염이 하얗게 센 아버지가 눈물 흘리지 않게 해 주게!

머리칼이 하얗게 센 어머니가 통곡하지 않게 해 주게!"

바사트가 다시 말했다.
"꼭 가야겠습니다!"
가잔이 다시 답했다.
"자네의 뜻대로 하게!"
바사트의 아버지는 울며 말렸다.

"아들아, 우리 집을 주인 없는 집으로 만들지 마라. 제발 가지 마라!"

바사트가 답했다.

"흰 수염이 난 내 소중한 아버지, 저는 가야 합니다."

바사트는 아버지의 만류를 뿌리치고 자신의 옷소매 화살집에서 화살을 한 움큼 꺼내 허리춤에 끼웠다. 허리에는 검을 차고 활은 팔에 매달았다. 그리고 아버지와 어머니의 손에 입을 맞춘 후에 안녕히 계시라는 인사를 하고 떠났다.

드디어 외눈박이 테패괴쥐가 있는 살라카나 바위에 도착한 바사트는 태양 아래 엎드려 누워 있는 외눈박이 테패괴쥐를 발견했다. 바사트는 자신의 등 쪽에서 화살 하나를 꺼내 외눈박이 테패괴쥐의 어깨를 조준해서 쐈다. 그러나 화살은 테패괴쥐의 어깨에 박히지 않고 갈기갈기 찢어졌다. 바사트는 다시 화살을 쐈다. 그러나 이번 화살도 갈기갈기 찢어져 버렸다. 외눈박이 테패괴쥐가 요리를 맡고 있는 노인들에게 말했다.

"먹잇감이 우리를 귀찮게 하는군!"

바사트는 다시 또 화살을 쐈다. 그러나 이 화살도 갈기갈기 찢어졌다. 화살의 찢어진 조각이 외눈박이 테패괴쥐 앞에 떨어지자 외눈박이 테패괴쥐가 벌떡 일어났다. 그때 태페괴쥐가 바사트를 발견하고 껄껄껄 소리 내며 크게 웃었다. 테패괴쥐가 노인들에게 말했다.

"오구즈들이 이번에도 먹을 만한 양을 보내왔구나!"

테패괴쥐는 바사트를 잡아서 그의 목을 움켜잡고 잠자리 쪽으로 가서는 자기 장화 속에 쏙 집어넣었다. 외눈박이 테패괴쥐가 말했다.

"늙은이들아, 이걸로 오후에 먹을 케밥을 만들어라. 오늘 내가 먹을 거니까."

말을 끝낸 외눈박이 테패괴쥐가 잠들자 바사트는 검으로 장화를 찢고 밖으로 나와서 노인들에게 물었다.

"저놈을 어떻게 하면 죽일 수 있겠소?"

노인들이 답했다.

"글쎄요. 눈에만 피부가 있고 저놈의 몸 어디에도 피부가 없습니다."

바사트는 외눈박이 테패괴쥐의 머리 쪽으로 다가가

서 조심스럽게 그의 눈꺼풀을 들어 올렸다. 바사트는 괴물의 눈에 얇은 피부가 있다는 것을 확인했다.

"내 검을 아궁이 속에 넣어서 뜨겁게 달궈 주시오."

노인들이 바사트의 검을 아궁이 속에 넣었다. 검이 뜨겁게 달아올랐다. 바사트는 달궈진 검을 손에 들고 영광스러운 무함마드에게 찬사를 보낸 후 외눈박이 테패괴쥐의 눈을 검으로 깊게 찔렀다. 외눈박이 테패괴쥐가 고통에 몸부림치며 비명을 지르자 그 커다란 소리가 산과 돌에 울려 퍼졌다. 바사트는 비명의 진동 때문에 날아가서 동굴 안에 있는 양 떼 속으로 떨어졌다. 외눈박이 테패괴쥐는 바사트가 동굴 안 어딘가에 있다는 것을 알아챘다. 외눈박이 테패괴쥐는 동굴 입구에 서서 한 발은 입구의 한쪽을 다른 발은 입구의 다른 쪽을 짚고 서서 위협했다.

"숫양들아, 한 놈씩 앞으로 나왔다가 들어가거라."

숫양들이 한 마리씩 나왔다가 들어갔고 외눈박이 테패괴쥐는 양들의 머리를 일일이 쓰다듬었다. 이때 숫양 한 마리가 울부짖으며 뿔을 내밀고 앞으로 돌진했다. 바사트는 순식간에 그 숫양을 잡아서 검으로 벴다. 바사트는 잡은 숫양의 꼬리와 머리는 그대로 둔 채 가죽을 벗기고 양가죽 속으로 몸을 숨겼다. 양가죽을 쓴 바사트가 외눈박이 테패괴쥐 앞으로 나왔다. 그러나 외눈박이 테패괴쥐는 바사트가 양가죽 안에 숨어 있다는 걸 눈치채고 있었다. 외눈박이 테패괴쥐가 말했다.

"이놈의 숫양아, 네가 곧 죽을 것을 알고 있느냐? 내, 너를 동굴 벽에 내동댕이쳐서 네 꼬리로 동굴을 기름칠하겠다!"

바사트는 양 머리를 외눈박이 테패괴쥐의 손 쪽으로 내밀었다. 외눈박이 테패괴쥐가 숫양의 뿔을 꽉 잡고 들어 올리자 뿔과 가죽만 그의 손에 남았다. 바사트는 재빠르게 외눈박이 테패괴쥐의 다리 사이로 도망쳐 나왔다. 화가 난 외눈박이 테패괴쥐는 양 뿔을 바닥에 내동댕이쳤다.

"이놈아, 네 목숨을 구했느냐?"

바사트가 답했다.

"알라신이 구하셨다."

외눈박이 테패괴쥐가 말했다.

"이봐, 내가 손가락에 끼고 있는 이 반지를 네 손가

락에 껴 봐. 이 반지를 끼면 검이든 화살이든 네 몸을 뚫지 못하지."

바사트는 반지를 받아서 자기 손가락에 꼈다.

"이봐, 반지를 꼈어?"

바사트가 답했다.

"꼈다."

외눈박이 테패괴쥐가 갑자기 바사트에게 달려들어 단검으로 찌르려 했다. 바사트는 날렵하게 몸을 날려 옆으로 물러섰다. 바사트가 꼈던 반지가 다시 외눈박이 테패괴쥐 발밑으로 또르르 굴러떨어졌다. 외눈박이 테패괴쥐가 물었다.

"이봐, 이번에도 네 목숨을 구했느냐?"

바사트가 대꾸했다.

"알라신이 구하셨다."

외눈박이 테패괴쥐가 말했다.

"이봐, 거기 둥근 지붕이 보이느냐?"

바사트가 답했다.

"그래. 보인다."

외눈박이 테패괴쥐가 말했다.

"나는 보물이 많아. 늙은이들이 훔쳐 가지 못하게 잠가 줘!"

바사트가 둥근 지붕 안으로 들어가 보니 안에는 정말 금과 은이 가득했다. 금은보화를 본 바사트가 넋을 놓고 서 있는 동안 외눈박이 테패괴쥐가 둥근 지붕의 문을 막고 물었다.
"이봐, 둥근 지붕 안으로 들어갔느냐?"
바사트가 답했다.
"그래. 들어왔다."
외눈박이 테패괴쥐가 말했다.
"이제 네 놈을 둥근 지붕과 함께 부숴 버릴 거야."
바사트가 알라신에게 빌었다.
"알라신 외에 다른 신은 없습니다. 무함마드는 알라의 보내심을 받은 분입니다."
바로 그때 둥근 지붕이 깨지면서 일곱 곳에서 문이 열렸다. 바사트는 그중 하나로 빠져나왔고 분노에 찬 외눈박이 테패괴쥐는 손을 뻗어서 둥근 지붕이 뒤집힐 정도로 세게 쳤다.

외눈박이 테패괴쥐가 물었다.

"이봐, 이번에도 네 목숨을 구했느냐?"

바사트가 답했다.

"알라신이 구하셨다."

외눈박이 테패괴쥐가 말했다.

"도대체 네게는 죽음이 없구나! 이봐, 거기 동굴이 보이는가?"

바사트가 답했다.

"그래. 보인다."

외눈박이 테패괴쥐가 말했다.

"거기 보면 검 두 개가 있을 거야. 하나에는 검집이 있고 다른 하나에는 검집이 없을 거야. 검집이 없는 검만 내 머리를 벨 수 있다. 그 검으로 내 머리를 베라!"

바사트는 동굴 입구 쪽으로 가서 검집이 없는 검이 끊임없이 위아래로 움직이고 있는 걸 발견했다. 바사트는 생각에 잠겼다.

'뭔가 수상해. 아무래도 이걸 조심해야겠다!'

바사트는 먼저 자기 검을 꺼내 검집이 없는 검 앞에

들이댔다. 그런데 바사트의 검이 순식간에 둘로 부러지는 게 아닌가. 이번에는 나무를 하나 기지고 와서 검집 없는 검 앞에 내밀었다. 이 나무도 마찬가지로 두 동강이 났다. 다음에는 활을 손에 들고 벽에 있는 사슬을 향해 화살을 쐈다. 검집이 없는 검을 고정해 놓은 화살이었다. 검이 바닥으로 떨어져서 땅속 깊이 박혔다. 바사트는 부러진 자기 검을 검집에 넣고 땅속에 박힌 검의 검 자루를 움켜잡았다. 바사트가 외눈박이 테패괴쥐에게 와서 물었다.
"외눈박이 테패괴쥐야. 잘 있느냐?"

외눈박이 테패괴쥐가 말했다.
"이봐, 이번에도 죽지 않았느냐?"

바사트가 답했다.
"알라신이 구하셨다."

외눈박이 테패괴쥐가 말했다.
"이봐, 네게는 정말 죽음이 없구나!"

외눈박이 테패괴쥐가 이어서 말했다.
"내 눈, 내 눈, 하나밖에 없는 내 눈!
나는 이 눈으로 오구즈 땅을 포로로 만들었다.
이봐, 영웅아, 너는 내게서 밤색 눈을 빼앗았다.
알라신이 네 목숨을 거두어 갔으면 좋겠다!
나 지금 눈이 너무 아프다.
이 고통보다 더한 고통은 없으리!"

외눈박이 테패괴쥐가 계속 말을 이어갔다.
"영웅아, 너는 어디 출신이냐? 고향이 어디냐?
어두운 밤에 길을 잃으면 무엇에 기대느냐?
전쟁 날에 큰 깃발을 앞에서 들고 가는 칸은 누구냐?
수염이 하얗게 센 네 아버지의 이름이 무엇이냐?
영웅은 이름을 숨기는 부끄러운 일 따위 하지 않는다!
영웅아, 네 이름이 무엇이냐? 영웅아, 어서 내게 말해라!"

바사트는 외눈박이 테패괴쥐에게 답했다.
"내가 사는 곳, 내 고향은 귀노르타즈드!

어두운 밤에 길을 잃으면 내 희망은 알라신이다.
큰 깃발을 들고 가는 칸은 바인드르 간이시다.
전쟁 날 내 앞에서 가는 영웅은 살루르 가잔이시다.
우리 어머니의 이름을 묻는다면 그분은 단단한 나무이시다!
우리 아버지의 이름을 묻는다면 그분은 용맹한 사자이시다!
내 이름을 묻는다면 아루즈의 아들, 바사트이다!"
외눈박이 테패괴쥐가 말했다.
"오, 우리는 같은 모유를 먹고 자란 형제야. 나를 죽이지 마!"

바사트가 답했다.
"이 나쁜 놈아. 너 때문에 흰 수염이 난 우리 아버지가 울고 또 우셨다.
흰 머리카락이 난 우리 늙은 어머니가 통곡하셨다.
이놈, 나쁜 놈, 너는 내 친형, 그얀 샐지크를 죽였다.
얼굴빛이 희고 고운 우리 형수를 과부로 만들었다.
푸른 눈을 가진 우리 조카들을 아버지 없는 아이로

만들었다.
 크고 날카로운 강철 검을 뽑아
 네 머리를 벨 때까지
 네 피로 이 땅이 붉게 물들 때까지
 우리 형, 그얀의 복수를 할 때까지
 너를 절대 살려 두지 않겠다."

외눈박이 테패괴쥐가 다시 말했다.
"내 자리에서 일어나
오구즈 베이들과 한 약속을 어기고
그들의 손목에 앉아 있는 매를 죽이고
한 번만이라도 사람 고기로 배불리 먹고 싶다.
살라카나 바위에서 무거운 돌들을 던지고 싶다.
하늘에서 떨어지는 돌에 맞아 죽고 싶었다.
영웅아, 너는 내 눈을 빼앗았다.
알라신이 네 목숨을 거두었으면 좋겠다!"

외눈박이 테패괴쥐가 이어서 말했다.
"흰 수염이 난 노인들을 많이도 울게 했지!

내 눈아, 흰 수염의 저주로 이렇게 되었을까?
흰 머리칼이 난 늙은 여인늘을 많이도 울렸지.
내 눈아, 어머니들의 눈물 때문에 이런 저주를 받았을까?
아직 수염도 안 난 소년을 많이도 잡아먹었지.
그들의 젊음 때문에 이런 저주를 받았을까?
손에 헤나 문신이 있는 소녀를 많이도 잡아먹었지.
소녀들의 손바닥 때문에 이런 저주를 받았을까?
나, 오늘 눈이 너무너무 아프고 시리다.
이 고통보다 더한 고통은 이 세상에 없어.
내 눈아, 하나밖에 없는 내 눈아!"

바사트는 화가 났다. 바사트는 자리에서 일어나 외눈박이 테패괴쥐 앞으로 다가갔다. 바사트는 외눈박이 테패괴쥐를 수컷 낙타처럼 무릎 꿇리고 검으로 테패괴쥐의 목을 벴다. 그리고는 테패괴쥐의 머리를 활시위에 꿰어서 동굴 문까지 질질 끌고 나왔다. 바사트는 부늘르 노인과 아파글르 노인을 오구즈 땅으로 보내 외눈박이의 죽음을 알렸다. 소녀들은 흰색 말과 회색 말을 타고 달려가서 오구즈 땅에 이 소식을 전했다. 말 입처럼 큰 입을 가진 늙은 아루즈의 집에도 말을 타고 달려가서 이 소식을 알렸다. 바사트가 이룬 기쁜 소식을 곳곳에 전달했다. 소식을 들은 오구즈 베이들이 동굴로 찾아갔다. 오구즈 베이들이 살라카나 바위로 가서 외눈박이 테패괴쥐의 머리를 가져왔다.

고르구드 아버지가 와서 기쁨의 노래를 불렀다. 아버지는 영웅에게 일어난 일을 들려주고 바사트에게 덕담을 했다.

"당신이 큰 산을 넘어갈 때 알라신이 당신에게 길을 내어 주시기를 빕니다!

당신이 물살이 센 급류를 지나가야 할 때 알라신이 당신에게 길을 내어 주시기를 빕니다!

당신은 용감하게 형의 복수를 했고 오구즈 베이들을 참사에서 구했습니다.

당신에게 항상 좋은 일만 있기를 빕니다."

2
디르새 칸의 아들 부가즈 이야기

감 칸의 아들인 바인드르 칸이 어느 날 자리에서 일어나더니 다마스쿠스산[03] 텐트를 하늘 높이 치고 비단 카펫 수천 장을 깔라고 명했다.

칸들의 칸으로 불리는 바인드르 칸은 일 년에 한 번 오구즈 베이를 불러 연회를 열었다. 올해도 성대한 연회를 열 생각으로 말 중에서 종마를, 낙타 중에서 수컷 낙타를, 양 중에서 숫양을 잡았다.

바인드르 칸은 한 곳에는 흰 천막을, 다른 곳에는 빨간 천막을, 또 다른 곳에는 검은 천막을 지으라고 명령했다. 그리고는 이렇게 지시했다.

---
03) 다마스쿠스의 옛 이름은 샴Şami이다. 현재 시리아의 수도이다.

"아들, 딸이 없는 자는 검은 천막으로 안내하고 검은 펠트를 깔아 주고 검은 양고기로 요리한 음식을 내주어라. 먹겠다면 먹게 두고 먹기 싫다면 가라고 해라. 아들이 있는 자는 하얀 천막으로 딸이 있는 자는 빨간 천막으로 보내도록 하라. 알라신이 아들, 딸 없는 자를 저주하셨으니 우리도 저주한다고 그리 전하라."

오구즈 베이들이 하나둘 모여들었다. 참석자 중에는 디르새 칸이라는 베이도 있었는데 그는 아들도 딸도 없었다. 오잔[04]이 노래 불렀다.

살랑살랑 새벽바람이 불 때
수염이 길게 자란 배고픈 회색 황새가 울 때
수염을 길게 기른 남자가 기도를 올릴 때
악인과 선인이 구분될 때
베두인 말이 주인을 보고 울부짖을 때
아름다운 바위산의 능선에 태양이 닿을 때

---

04) 오잔Ozan은 아제르바이잔의 구전 문학과 전통 민속에 등장하는 음유시인으로 음악, 춤, 시에 능했다.

용감한 베이들과 영웅들이 함께 씨름할 때

디르새 칸이 아침 일찍 일어나 영웅 사십 명을 대동하고 바인드르 칸의 연회에 참석했다. 바인드르 칸의 영웅들이 디르새 칸을 마중하며 검은 천막으로 안내했다. 그들은 검은 펠트를 깔고 검은 양고기로 요리한 고부르마[05]를 내왔다. 바인드르 칸의 영웅 중의 한 사람이 말했다.

"바인드르 칸의 명령입니다."

디르새 칸이 물었다.

"바인드르 칸이 생각하는 내 죄가 무엇인가? 내 칼이 약해지기라도 했단 말인가? 내가 베푼 연회가 마음에 차지 않으셨을까? 나보다 못한 자들이 흰 천막에 앉아 있고 빨간 천막에 앉아 있는데 내가 도대체 무슨 죄를 지었길래 나를 검은 천막에 앉게 하는가?"

바인드르 칸의 영웅 중의 한 사람이 다시 답했다.

"칸이시여, 우리는 바인드르 칸의 명을 따를 뿐입니

---

05) 고부르마Qovurma는 고기로 만든 전통 음식으로 아제르바이잔을 비롯한 중앙아시아에서 즐겨 먹었다.

다. 아들, 딸이 없는 분은 알라신이 저주하였으므로 우리도 저주합니다."

디르새 칸이 자리에서 벌떡 일어났다.

"나의 영웅들아. 당장 일어나라. 이 죄가 내 잘못인지 내 아내의 잘못인지 도통 모르겠구나."

집으로 돌아온 디르새 칸이 아내를 불러 말했다.

"이리 좀 와 보시오. 내 운명이고 내 숙명인 사람이여. 우리 집의 진정한 주인이여!

집 밖을 나서면 사이프러스 나무만큼 큰 여신이여.

머리칼이 발목에 휘감길 만큼 긴 여신이여.

활처럼 당겨진 아름다운 눈썹을 가진 여신이여.

아몬드 두 개가 겨우 들어갈 정도로 작은 입을 가진 여신이여.

가을 사과같이 붉은 볼을 가진 여신이여.

내 여자여, 내 기둥이여. 내 아이를 낳을 여인이여.

오늘 내가 어떤 수모를 당했는지 아시오?

바인드르 칸이 한 곳에는 흰 천막을, 다른 곳에는 빨간 천막을, 또 다른 곳에는 검은 천막을 만들어 놓고는 아들이 있는 자는 흰 천막에, 딸을 둔 자는 빨간 천막에, 아들도 딸도 없는 자는 검은 천막에 앉혔소. 검은 천막에 앉은 자에게는 검은 펠트를 깔아 주고 검은 양고기로 고부르마를 만들어서 내놓았소. 먹겠다면 먹게 두고 먹기 싫으면 일어나서 가면 된다고 합디다. 아들도 딸도 없는 자는 알라신이 저주하였기에 자신들도 저주한다고 하더이다. 나를 마중하여 검은 천막으로 안내하더이다. 알라신이 우리에게 아들을 점지해 주지 않는 까닭이 내 탓이오? 당신 탓이오?"

디르새 칸이 이어서 말했다.
"칸의 딸이여, 내가 자리에서 일어나
당신의 목을 움켜잡아
내 거친 무릎 밑에 처박아야 하오?
크고 날카로운 강철 검을 들어야 하오?
당신의 목을 베야 하오?
이 세상에 붉은 피를 묻혀야 하는 거요?
칸의 딸이여, 이유가 무엇인지 내게 말해 주오.
내가 당장 당신에게 엄벌을 내릴 것이오."

디르새 칸의 아내가 말했다.

"오, 디르새 칸! 저에게 화를 내지 마세요!
상처투성이의 이런 독한 말은 내뱉지 말아요.
자리에서 일어나세요.
세상에서 가장 큰 천막을 치라고 하세요!
종마, 낙타, 양을 잡으라고 하세요!
모든 오구즈 베이들을 부르세요!
굶주린 사람을 보면 먹을 것을 주시고,
헐벗은 자를 보면 옷을 주세요!
빚이 많은 자를 보면 빚을 갚아 주세요!
언덕처럼 고기를 쌓으세요. 호수처럼 크므즈[06]를 내오세요."

디르새 칸은 아내의 말대로 큰 연회를 열고 염원을 담아 알라신에게 기도를 올렸다. 말 중에서는 종마를, 낙타 중에는 수컷 낙타를, 양 중에는 숫양을 잡았다. 그리고 모든 오구즈 베이들을 불러 모았다. 굶주린 자를 보면 음식을 주고 헐벗은 자를 보면 옷을 주었다.

---

06) 크므즈qımız는 암말의 젖을 발효시킨 전통 음료이다.

빚이 있는 자는 빚을 갚아 주고 언덕처럼 고기를 쌓았다. 호수처럼 크므즈를 만들었다. 연회 참석자들이 자신의 양손을 들어 디르새 칸의 소원을 빌어 주었다. 연회에 참석한 이들 중 신의 가호를 받은 사람이 있었고 그의 기도를 들은 알라신이 디르새 칸에게 자식을 점지해 주었다. 임신한 디르새 칸의 아내가 얼마 후 아들을 낳았다. 칸의 아내는 유모를 두고 아들을 키웠다.

세월이 흘러 아이는 열다섯 살 소년이 되었다. 그해 소년의 아버지는 자신들의 사람들과 함께 이동해서 바인드르 칸 사람들과 합류했다. 바인드르 칸은 유명한 황소와 수컷 낙타를 가지고 있었다. 바인드르 칸의 황소가 뿔로 들이받기라도 하면 아무리 단단한 돌이라도 가루가 되고 말았다. 해마다 봄과 가을이면 황소와 낙타 싸움대회가 열렸다. 이때쯤이면 오구즈 베이들이 바인드르 칸이 있는 곳으로 모여들었다. 바인드르 칸은 봄과 가을이 되면 오구즈 베이들과 함께 황소 낙타 싸움을 구경했다.

봄이 되자 사람들이 황소를 다시 밖으로 끌어냈다.

쇠사슬로 묶어 놓은 황소를 오른쪽에서 남자 셋이 잡고 왼쪽에서도 남자 셋이 잡고 있어야 했다. 그들은 황소를 벌판 중앙으로 끌고 와서 풀어 놓았다.
　이때 벌판의 한쪽에선 디르새 칸의 아들이 다른 세 명의 아이들과 같이 아슈그-아슈그[07]놀이를 하며 신나게 놀고 있었다. 황소를 푼 사람들이 아이들을 발견하고 아이들에게 어서 도망가라고 외치자 아이들 셋은

---

07) 아슈그-아슈그 'aşıq-aşıq' oyunu는 양 무릎뼈를 이용한 전통 놀이이다.

바로 도망쳤다. 그런데 디르새 칸의 아들은 도망가지 않고 벌판 중앙에 서서 주위를 둘러보는 것이 아닌가.

황소가 소년을 향해 죽일 듯이 달려오자 소년은 그 자리에서 한 걸음도 움직이지 않고 달려드는 황소의 이마를 주먹으로 쳤다. 황소는 잠시 움찔했다가 다시 소년에게 달려들었다. 이번에도 소년은 황소 이마를 가격했다. 그리곤 황소 이마에 주먹을 대고 벌판 가장자리로 밀어붙였다. 소년과 황소는 서로 밀고 밀렸다. 황소는 양어깨를 씩씩댔고 승부는 좀처럼 나지 않았다. 그때 소년이 혼잣말을 했다.

"집에 기둥을 세우는 이유는 집을 지탱해 주기 위함이다. 그런데 지금 나는 왜 황소 이마를 기둥처럼 받치고 있을까?"

그런 다음 소년이 황소 이마에서 주먹을 떼자 황소가 앞으로 쏠리며 균형을 잃고 넘어졌다. 황소는 머리부터 그대로 처박혔다. 이때 바로 소년이 칼을 집어 들고 단숨에 황소 머리를 벴다. 이 광경을 지켜본 오구즈 베이들이 소년의 주위로 모여들어 잘했다고 칭찬했다.

"고르구드 아버지를 불러서 이 아이에게 이름을 지어

줍시다. 고르구드 아버지가 디르새 칸에게 이 아이를 데려가야 합니다. 이 아이는 베이 칭호와 후계자 자리를 받을 만합니다."

베이들이 고르구드 아버지를 불렀다. 고르구드 아버지가 소년을 디르새 칸에게 데려갔다.

"디르새 칸이여! 소년은 이제 베이 칭호를 받을 자격이 있습니다.

후계자로 인정해 주십시오. 소년은 용감하고 강합니다!

용맹한 소년이 타고 다닐 베두인 말을 주십시오.

키가 큰 소년에게 양꼬치를 해 먹을 양 열 마리를 주십시오.

용감한 소년에게 어울리는 금 낙타를 주십시오.

유덕한 소년이 그늘로 쓸 금 기둥이 있는 높은 천막을 주십시오.

용감한 소년이 입을 어깨가 넓고 튼튼한 카프탄을 주십시오!"

"이 소년은 바인드르 칸의 벌판에서 싸웠습니다. 당

신의 아드님이 황소를 죽였습니다. 그러니 이제 부가즈[08]라고 부릅시다. 이름은 내가 지었으나 아드님의 운명은 알라신이 정하실 겁니다."

디르새 칸이 소년에게 베이 칭호를 주고 소년을 자신의 후계자로 지명했다. 그런데 후계자에 오른 소년 부가즈는 아버지의 사십 명의 영웅에게 별 관심을 기울이지 않았다. 그렇게 되자 사십 명의 영웅들은 부가즈를 부러워하다가 그를 질투하고 급기야 원한을 품게 되었다. 그러던 어느 날 아버지의 영웅들이 모여 모략을 꾸미기에 이르렀다.

"어떻게 해서라도 부가즈를 아버지 눈 밖에 나게 해야 하오. 아버지가 아들을 죽이게 해야 한단 말이오. 그래야 우리가 디르새 칸의 눈에 다시 들 수 있을 거요. 우리의 명성도 다시 찾을 수 있구요."

사십 명의 영웅은 자신들을 두 무리로 나눴다. 첫 번째 무리 이십 명이 먼저 출발하고 다른 이십 명은 그다음에 다른 쪽으로 떠났다. 먼저 간 이십 명이 먼저 돌

---

08) 부가즈라는 말의 어원은 황소buğa이다.

아와서 디르새 칸에게 말했다.

"디르새 칸, 지금 무슨 일이 벌어지고 있는지 아시는지요? 당신의 아들은 배은망덕하고 몹쓸 자입니다. 당신의 아들이 사십 명의 영웅을 데리고 오구즈를 공격해서 예쁜 여자들을 납치했습니다. 수염이 하얗게 센 할아버지의 입을 때려 모욕하고 머리가 허옇게 센 할머니의 우유를 엎질러 모욕했습니다. 이 소식은 맑게 흐르는 물을 지나 벌거벗은 알라산을 넘어 칸들의 칸인 바인드르 칸에게도 전해질 겁니다. 디르새 칸의 아들이 이런 나쁜 짓을 한다는 소문이 퍼진다면 그런 아들은 차라리 없느니만 못합니다. 바인드르 칸이 당신을 불러서 엄벌을 내릴 겁니다. 이런 아들이 무슨 쓸모가 있을까요? 이런 아들은 차라리 없애셔야 합니다. 죽이셔야 합니다."

디르새 칸이 말했다.

"당장 잡아 오라. 내가 죽이리라."

그때 다른 쪽으로 간 이십 명의 영웅들이 도착해서 다른 거짓 소문을 지어서 전했다.

"디르새 칸, 당신의 아들이 능선이 빼어나게 아름다

운 산으로 사냥을 나갔습니다. 칸께서 이렇게 멀쩡히 실아 계신데도 사냥을 나가 짐승을 잡고 새를 잡있습니다. 독한 술을 마시고 어머니와 함께 반역을 꾸몄습니다. 당신의 아들은 배은망덕합니다. 이런 소문은 벌거벗은 알라산을 넘어 칸들의 칸인 바인드르 칸에게 이를 겁니다. 이런 짓은 디르새 칸의 아들에게 어울리지 않습니다. 바인드르 칸 앞에서 엄벌을 받게 될 겁니다. 이런 아들이 무슨 쓸모가 있을까요? 차라리 죽이셔야 합니다."

디르새 칸이 말했다.

"당장 데려오라. 내가 죽이겠다! 이런 아들은 필요 없다."

디르새 칸의 영웅들이 답했다.

"우리가 무슨 수로 칸의 아들을 데려올 수 있겠습니까? 우리 말을 듣지 않을 겁니다. 우리 말을 따르지 않을 겁니다. 칸이시여, 아들과 사냥을 나가세요. 영웅들과 함께 가시지요. 새를 날려 짐승을 잡을 때 아들을 화살로 쏴서 죽이십시오! 다른 방법으로는 결코 죽이지 못할 겁니다!"

살랑살랑 새벽바람이 불 때
수염이 길게 자란 배고픈 회색 황새가 울 때
수염을 길게 기른 남자가 기도를 올릴 때
악인과 선인이 구분될 때
오구즈 여인들이 몸치장할 때
아름다운 바위산의 능선에 태양이 닿을 때
용감한 베이들과 영웅들이 서로 싸울 때

디르새 칸은 아침 일찍 아들과 함께 사냥을 떠났다. 사십 명의 영웅들도 합류했다. 그들은 짐승을 잡고 새를 쐈다. 모략을 꾸민 사십 명의 영웅 중 몇 사람이 소년 부가즈에게 와서 넌지시 말했다.

"아버지께서 사슴을 몰아 당신 앞으로 모으라고 하셨습니다. 내 아들이 말을 타고 칼을 들고 화살을 쏘는 모습을 보게 되면 참 기쁘고 자랑스러울 거라고 하셨습니다!"

소년은 누군가의 음모를 눈치채기에는 아직 어렸다. 소년은 사슴을 아버지 쪽으로 몰면서 속으로 생각했다.

"말에 올라 질주하는 내 모습을 보시면 자랑스러우시겠지. 활 쏘는 나를 보시면 기특하다고 생각하시겠지. 칼을 휘두르는 나를 보고 기뻐하실 거야!"

이때 모략을 꾸민 사십 명의 영웅이 말했다.

"디르새 칸, 아들이 하는 짓이 보이시나요? 사슴을 들판에서 이쪽으로 몰고 오는 게 보이시나요? 사슴을 쏘는 척하면서 칸을 쏴서 죽이려는 수작입니다. 아들이 칸을 죽이기 전에 먼저 아들을 죽이세요!"

소년은 사슴을 쫓으면서 아버지 앞을 왔다 갔다 했다. 이런 아들의 모습을 본 디르새 칸은 잔뜩 화가 나서 활을 집어 들고 말에 올라 활시위를 힘껏 당겼다. 화살이 아들의 양어깨 사이를 관통하자 화살 뒤쪽으로 소년의 피가 솟구쳤다. 쏟아진 피로 가슴이 흥건하게 젖은 아들이 베두인 말의 목을 끌어안고서 땅으로 곤두박질쳤다. 그 모습을 본 디르새 칸의 눈에 눈물이 고였다. 당장 아들에게 달려가고 싶었다. 그러나 모략을 꾸민 사십 명 영웅들이 디르새 칸을 말렸다. 디르새 칸은 말고삐를 잡고 그대로 집으로 돌아와야 했다.

한편 디르새 칸의 아내는 이런 사정을 전혀 모르고 아들의 첫 사냥을 축하하는 연회를 준비하고 있었다. 칸의 아내는 하인들을 시켜 말 중에서 종마를, 낙타 중에서 수컷 낙타를, 양 중에서 숫양을 잡았다. 칸의 아내는 이번 기회에 용감한 오구즈 베이들을 잘 대접하고 베이들의 환심을 사려고 했다. 디르새 칸이 집으로 돌아오자 칸의 아내는 얼른 일어나 사십 명의 날씬한 소녀를 대동하고 남편에게 갔다. 그런데 남편의 오른쪽에도 왼쪽에도 아들의 모습이 보이지 않는 게 아닌가. 칸의 아내는 가슴이 철렁 내려앉고 심장이 두근거렸다. 검은 눈동자는 피눈물로 가득했다. 아내가 디르새 칸에게 물었다.

"나의 운명, 우리 집의 기둥, 이리 와 보세요!
우리 칸 아버지의 사위,
우리 어머니의 총애를 받은 분!
우리 어머니와 아버지가 날 시집 보낸 분,
내가 눈을 뜨자마자 처음 본 분,
내 마음을 다해 사랑한 디르새 칸!

자리에서 일어나

섬은 갈기가 있는 예쁜 가즐륵 말을 타고

능선이 빼어나게 아름다운 산으로 사냥하러 가셨지요.

둘이 가서 혼자 오셨군요. 내 아이는 어디에 있나요?

검은 시대에서 얻은 내 아들은 어디에 있습니까?

내 눈은 이제 멀어 버렸으니 차라리 도려내는 게 낫겠습니다.

당신 아들이 빨던 내 젖이 너무 시립니다.

노란 뱀이 문 것처럼 내 몸이 부어올랐습니다.

내 아들만 보이지 않아서 가슴이 타고 있습니다.

나는 가물어 물이 말라 버린 강에 물장수를 보내 강물을 다시 채웠고

나는 또 검은 옷을 입은 대르비쉬[09]에게 자선을 베풀었습니다.

배고픈 자를 보면 먹을 것을 주었고

헐벗은 자를 보면 옷을 입혔고

---

09) 대르비쉬dərviş는 이슬람교 수피즘을 설교하는 종교인으로 금욕 생활을 하며 여행한다.

고기를 언덕처럼 쌓았고
크므즈를 호수처럼 내놓았습니다.
정성과 기도로 얻은 아들입니다!
디르새 칸이여.
우리 아들의 소식을 내게 알려 주세요!
저 앞에 있는 알라산에서 우리 아들이 추락했다면
내게 말해 줘요!
우리 아들이 엄청난 급류에 휩쓸렸다면
내게 말해 줘요!
우리 아들이 사자나 호랑이에게 잡아먹혔다면
내게 말해 줘요!
검은 옷을 입고 부정한 종교를 신봉하는 이교도인이
우리 아들을 잡아갔다면
내게 말해 줘요!
나는 내 아버지 칸을 찾아가서
막대한 물자와 막강한 군대를 구해서
부정한 종교를 가진 이교도를 공격해서
내가 크게 부상당해 가즐륵 말에서 떨어지지 않는 한
내 옷 소매가 내 피로 물들지 않는 한

내 팔다리가 잘려서 땅바닥에 나뒹굴지 않는 한
나는 우리 외아들을 끝까지 찾으러 다닐 겁니다.
디르새 칸이여. 우리 아들 소식을 알려 주세요!
당신을 위해서라면 무엇이든 할게요."

디르새 칸의 아내가 흐느꼈다. 그러나 칸은 아내에게 아무런 답도 할 수 없었다. 그때 사십 명의 악한 영웅들이 앞으로 나서며 말했다.
"아드님은 살아 계십니다. 사냥을 하는 중입니다. 오늘이나 내일이면 돌아올 겁니다. 걱정하지 마세요! 디르새 칸은 지금 술에 취하셔서 답을 못하십니다."
디르새 칸의 아내는 돌아가서 자신의 사십 명의 늘씬한 소녀와 함께 말을 타고 아들을 찾으러 떠났다.

드디어 디르새 칸 아내의 일행이 겨울과 봄에도 눈과 얼음이 녹지 않는 가즐륵산에 도착했다. 낮은 곳부터 샅샅이 뒤지면서 높은 곳으로 올라갔다. 그러다 어느 계곡 위아래로 까마귀들이 오르락내리락하는 걸 발견하고 한달음에 그쪽으로 달려갔다.

2 디르새 칸의 아들 부가즈 이야기

한편 그 계곡에서는 피를 본 까마귀들이 쓰러진 소년에게 내려앉으려 소년 주변을 뱅뱅 돌고 있고 사냥개 두 마리는 그런 소년 곁을 지키면서 까마귀들을 쫓아내고 있었다. 소년이 쓰러졌을 때 회색 말을 탄 크드르[10]가 소년에게 나타났다. 크드르는 소년의 상처를 세 번 어루만져 주며 말했다.
"겁먹지 마라, 아이야! 이 상처로 죽지 않아. 산에 피는 꽃과 어머니 젖이 네 상처의 약이란다."
크드르는 이 말만을 하고 바로 사라졌다.

계곡에 도착한 소년의 어머니는 쓰러진 아들을 발견하자마자 말에서 뛰어내려 아들에게 달려갔다. 소년은 피투성이가 되어 의식을 잃은 채 바닥에 누워 있었다. 마치 자는 듯 누워 있는 피투성이 아들에게 어머니는 큰 소리로 말했다.

"아가야, 검은 눈에 잠이 들어갔구나.

---

10) 크드르Xıdır는 투르크 민족 신앙에서 도움을 준다고 알려진 인물로 예언자라고 불리기도 한다.

어서 눈을 떠라!
아가야, 늘어진 팔다리를 어서 들어 올려라!
아가야, 알라신이 준 소중한 목숨을
어서 되살리거라!
아가야, 얼굴과 눈에 영혼이 남아 있다면 제발 내게 말 좀 해 다오!
아들아, 나는 너를 위해서라면 무엇이든 할 수 있단다.
가즐륵산, 당신의 물은 어찌하여 흐릅니까?
이렇게 흐르느니 차라리 흐르지 않는 게 나으리라!
가즐륵산, 당신의 풀은 어찌하여 자랍니까?
이렇게 자라느니 차라리 자라지 않는 게 나으리라!
가즐륵산, 당신의 사슴들이 뛰어다니고 있군요.
사슴들은 차라리 뛰지 못하고
돌로 변하는 게 나으리라!
아들아, 사자가 너를 이렇게 만들었느냐,
호랑이가 이렇게 만들었느냐?
아들아, 어쩌다 이런 끔찍한 일을 당한 거냐?
아들아, 영혼이 네 몸에 조금이라도 남아 있다면

제발 답을 해 다오!
너를 위해서라면 나는 무엇이든 할 수 있단다.
제발 몇 마디만이라도 해 다오!"

어머니의 말을 듣고 소년이 머리를 움찔하며 반응했다. 아들은 간신히 눈을 떠서 어머니를 올려다봤다.
"내게 젖을 물려 주신 어머니, 이리 오셔요!
흰 머리이자 존경하는 소중한 어머니!
흐르는 물을 저주하지 마세요!
가즐륵산의 물은 아무 잘못이 없어요.
뛰노는 사슴들을 저주하지 마세요.
가즐륵산은 죄가 없어요.
사자와 호랑이를 저주하지 마세요!
가즐륵산은 죄가 없어요.
저주를 할 거라면 아버지를 저주해 주세요!
이 잘못은 아버지의 죄입니다."
소년이 이어서 말했다.
"어머니, 울지 마세요! 걱정하지 마세요! 이 상처로 죽지 않아요. 회색 말을 탄 크드르가 나를 찾아와서 내 상처를 세 번 어루만져 주며 이 상처로 죽지 않을 거라고 말해줬어요. 산에 피는 꽃과 어머니 젖이 상처를 낫게 하는 약이라고 알려줬어요."

소년의 말을 들은 사십 명의 늘씬한 소녀들이 산으로 흩어져서 꽃을 따기 시작했다. 그사이 소년의 어머니는 젖가슴을 눌러서 젖을 짰으나 젖이 전혀 나오지 않았다. 어머니는 다시 자기 젖가슴을 힘껏 눌러 짰으나 여전히 젖이 나오지 않았다. 칸의 아내는 포기할 수 없었다. 세 번째로 젖가슴을 짤 때는 자기 몸에 상처까지 내가며 젖을 짰다. 드디어 피가 섞인 모유가 나왔다. 어머니는 산에 핀 꽃과 젖을 소년의 상처에 바르고 나서 소년을 말에 태워 집으로 데려왔다.

어머니는 의사를 불러 소년을 치료했다. 그러나 디르새 칸에게는 아들 소식을 숨겼다. 사십 일이 지나자 소년의 상처가 아물어 소년은 다시 건강해졌다. 아이는 다시 검을 차고 말에 올라 짐승과 새를 사냥하러 다녔다. 그러나 디르새 칸은 이런 사실을 까맣게 몰랐다. 디르새 칸은 아들이 죽었다고 믿고 있었다.

사십 명의 악한 영웅이 이 소식을 듣고 고민에 빠졌다.

"어떻게 하면 좋단 말인가? 디르새 칸이 자기 아들이 살아 있다는 사실을 알게 된다면 가만히 있지 않을 것이오. 차라리 우리가 먼저 디르새 칸을 잡아서 흰 팔목을 등 뒤로 묶고 흰 목을 밧줄로 옭아매서 이교도에게 끌고 가세."

악한 영웅들은 또다시 모략을 세웠다. 그들은 자신들의 계획대로 디르새 칸을 생포하는 데 성공했다. 악한 영웅들은 디르새 칸의 등 뒤로 손을 묶고 흰 팔을 밧줄로 감았다. 그리고 흰 피부에서 피가 날 때까지 디르새 칸을 구타했다. 그리고 디르새 칸은 걸어서, 사십 명의 악한 영웅들은 말을 타고 멀리 이교도인들이 사는 곳으로 떠났다. 디르새 칸은 포로 신세였으나 오구즈 베이들은 이런 사실을 전혀 몰랐다.

디르새 칸의 아내가 이 소식을 듣고는 아들에게 찾아갔다.

"아들아, 무슨 일이 벌어졌는지 아느냐?

아들아, 단단한 바위들이 흔들리지 않았는데 땅이 쩍 갈라졌단다.

아들아, 나라에 적이 쳐들어오지 않았는데 아버지가 적에게 당했단다.

아들아, 아버지의 사십 명의 나쁜 동료가 아버지를 잡아갔단다.

흰 손을 등 뒤로 묶었다는구나.

흰 목을 밧줄로 옭아맸다는구나.

아버지는 걸어가게 하고 나쁜 놈들은 말을 타고 갔다는구나.

칸의 아들이여! 어서 일어나라!

네 사십 명의 영웅을 데리고

사십 명의 모략꾼에게서 아버지를 구하거라.

아들아, 가라!

아들아, 아버지가 너를 죽이려 했더라도 너는 아버지를 버리지 마라!"

아들 부가즈는 어머니의 부탁을 거절하지 않았다. 부가즈는 자리에서 일어나 크고 날카로운 강철 검을 허리에 찼다. 튼튼한 흰 활과 금 창을 손에 들고 좋은 말을 탔다. 사십 명의 영웅과 함께 아버지를 찾으러 말을 달렸다. 이때쯤 모략꾼들은 한곳에 모여 쉬면서 독한 와인을 마시고 있었다. 부가즈는 쉬지 않고 말을 달려 드디어 그곳에 도착했다. 사십 명의 모략꾼이 부가즈를 보고 말했다.

"자, 가서 저놈도 잡자. 둘 다 이교도인에게 넘겨 버리자."

이 말을 들은 디르새 칸이 그들에게 제안했다.

"내 사십 명의 동지들, 자비를 베풀게! 알라신이 유일하심을 의심하지 않는다네. 나를 풀어주게. 내게 고푸즈[11]도 내주게. 고푸즈를 연주하면서 저 자를 설득해 보내겠네. 그다음에 나를 죽이든 이교도인에게 넘기든 하면 되지 않겠나."

잠시 고민한 모략꾼들은 밑져야 본전이라는 생각으로 디르새 칸의 묶인 손을 풀어주고 고푸즈를 내주었다. 디르새 칸은 소년이 자기 아들이라는 걸 눈치채지 못한 채 앞으로 나섰다.

---
11) 고푸즈qopuz는 투르크 민족의 전통 현악기이다.

"목이 긴 말들이 지나간다면 내 말들이 가고 있는 것일세.

만일 자네가 탄 말이 그 말 중에 있다면, 영웅이여! 내게 말해 주게!

아무런 다툼 없이 자네에게 주겠네. 말을 받고 돌아가 주게!

목장에 있는 만 마리 양 떼는 내 것일세.

그중에 자네의 양이 있다면 말해 주게!

아무런 다툼 없이 주겠네! 돌아가 주게!

저쪽으로 금 낙타 떼가 지나갔다면 내 것일세.

만일 그중에 자네의 낙타도 있다면 말해 주게!

아무런 다툼 없이 주겠네! 그러니 돌아가 주게.

저기 황금 지붕의 천막집들이 이동 중이라면 내 것일세.

만약 그중에 자네의 천막이 있으면 말해 주게!

아무런 다툼 없이 돌려주겠네! 그러니 돌아가 주게!

흰 얼굴에 밤색 눈을 가진 여인들이 지나간다면 내 것일세.

그중에 자네의 약혼녀가 있다면 내게 말해 주게!
아무런 다툼 없이 보내줄 테니 돌아가 주게.
수염이 하얗게 센 노인들은 내 것일세.
그중에 흰 수염이 난 자네 아버지가 있다면 내게 말해 주게.
아무런 다툼 없이 보내줄 테니 돌아가 주게.
영웅이여! 나는 내 아들을 죽였다오.
만일 나를 위해 왔다면 나를 불쌍히 여기지 말고 돌아가 주게!"

소년이 답했다.
"목이 긴 좋은 말들이 지나간다면 당신 것입니다.
그중 내가 탄 말도 있습니다.
사십 명의 나쁜 모략꾼에게 넘겨주지 않겠습니다!

저쪽으로 당신의 금낙타들이 지나갑니다.
그중 내 짐을 싣는 낙타도 있습니다.
사십 명의 나쁜 모략꾼에게 넘겨주지 않겠습니다.

수천 마리 양 떼는 당신 것입니다.
그중 내 케밥을 만들 양도 있습니다.
사십 명의 나쁜 모략꾼에게 넘겨주지 않겠습니다.

흰 얼굴에 밤색 눈을 가진 당신의 며느리들이 간다면
그중 내 약혼녀도 있습니다.
사십 명의 나쁜 모략꾼에게 넘겨주지 않겠습니다.

당신의 황금 천막집이 이동 중이라면
그중 내 방도 있습니다.
사십 명의 나쁜 모략꾼에게 넘겨주지 않겠습니다.

수염이 하얗게 센 당신의 노인들이 간다면
그중 정신이 흐려진 내 늙은 아버지가 계십니다.
사십 명의 나쁜 모략꾼에게 넘겨주지 않을 겁니다."

소년은 머릿수건을 흔들어서 사십 명의 영웅에게 신호를 보냈다. 사십 명의 영웅들이 말을 몰아 소년 쪽으로 달려왔다. 소년은 사십 명의 영웅과 함께 싸워서 적들의 목을 벴다. 살아남은 자를 포로로 잡고 아버지를 구해서 집으로 돌아왔다.

디르새 칸은 아들이 살아 있다는 사실을 알게 되었다. 칸들의 칸인 바인드르 칸이 소년에게 베이 칭호를 내리고 후계자로 인정해 주었다. 그리고 고르구드 아버지가 와서 영웅서사시를 지었다.

"그들도 이 세상에 왔다 갔다네.
카르반이 떠났듯이 갔다네.
죽음이 그들을 데려갔다네.
이 덧없는 세상만 남았다네.

내가 이제 덕담 한마디 하겠습니다.
검은 죽음이 온다면 길을 내주어라.
알라신께서 당신에게 맑은 몸과 풍족한 재산을 주시리.
천상의 알라신께서 당신을 도우리.
당신이 있는 곳에 높게 솟은 산은 무너지지 않으리.
그늘을 내어주는 키 큰 나무들은 잘리지 않으리.

힘차게 흐르는 깨끗한 물은 마르지 않으리.
날개 끝은 부러지지 않으리!
말이 질주할 때 당신 말은 헛발질 따위 하지 않으리.
싸울 때는 크고 날카로운 강철 검이 무뎌지지 않으리.
머리칼이 하얗게 센 어머니의 거처가 낙원에 있으리.
수염이 하얗게 센 아버지의 거처가 천국에 있으리!
진실을 위해 불붙인 등잔은 영원히 타오르리.
전능하신 알라신께서 당신이 악인에게 의지하게 내버려 두지 않으리."

3
살루르 가잔의 집이 약틸 딩한 이야기

어느 날 말똥가리 어린 새끼, 불쌍한 자들의 희망, 아미트[12] 부족의 사자, 연밤색 말의 주인, 바인드르 칸의 사위, 우루즈 칸의 아버지, 영웅들의 버팀목인 살루르 가잔이 자리에서 일어났다.

살루르 가잔은 검은 땅에 방이 아홉 개나 있는 높은 장막을 짓고 아흔 곳에 대형 비단 카펫을 깔라고 명했다. 여든 곳에 항아리를 놓고 황금 잔과 술병을 준비하고는 눈은 검고 얼굴은 흰 이교도 어린 미인 아홉 명을 데려다 오구즈 베이들의 술 시중을 들게 했다. 머리를 등 뒤로 땋아 내린 소녀들은 옷의 가슴 쪽에다 금

---
12) 아미트 부족Amit soyu은 디야르바키르에 사는 부족이다.

단추를 달고 있었다. 소녀들은 또 손목에서부터 손 전체를 헤나 그림으로 치장했다. 울라스의 아들 살루르 가잔은 술에 잔뜩 취해서 건장한 무릎을 꿇고 말했다.

"자, 베이들이여. 내 말을 들어주시고 부디 내 목소리를 경청해 주시오. 내내 잠만 잤더니 옆구리가 결리는구려. 서 있기만 했더니 허리가 찌뿌듯하오. 베이들이여. 이제 자리를 털고 일어나서 사냥하러 가면 어떻소! 짐승을 사냥하고 새도 잡읍시다. 사슴과 산양을 잡아서 우리의 장막으로 돌아옵시다. 돌아와서 다시 먹고 마시면서 유쾌하게 하루를 보냅시다!"

그얀 샐지크의 아들, 댈리 돈다즈가 말했다.

"예. 가잔 칸이여. 그렇게 하시지요!"

가라귀내의 아들, 가라부다그가 말했다.

"예. 칸이여. 좋습니다."

이들이 이렇게 말하자 말처럼 입이 커다란 아루즈 노인이 무릎을 꿇고 아뢰었다.

"우리 칸이신 가잔 칸이시여! 우리가 지금 부정한 종교를 가진 자들의 땅인 조지아 경계 쪽으로 가고 있는데, 우리 부족을 대체 누구에게 맡기고 가려 하십니까?"

가잔이 말했다.

"우리 아들 우루즈가 삼백 명의 영웅들과 함께 집을 지키면 될 것이다."

살루르 가잔이 연밤색 말에 올라탔다. 댈리 돈다즈는 태펠가스가라 부르는 말을 탔다. 가잔 베이의 형제인 가라귀내는 하늘색 베두인 말을 탔다. 바인드르 칸의 적을 이긴 쉬리 샘새딘은 흰 말에 올라탔다. 바라사르의 바이부르드 성벽을 뛰어넘은 배이래크는 회색 말을 탔다. 연밤색 말을 가진 가잔을 '사제'라고 부른 예이네크 베이는 두루라고 부르는 말을 탔다. 영웅 모두를 일일이 말한다면 끝이 없을 것이다. 오구즈 베이들이 말에 올라 큰 군대를 이끌고 알라산으로 사냥을 떠났다.

이를 지켜보던 이교도인 첩자가 쇠클뤼 맬리크에게 달려가서 밀고하자, 종교의 적인 이교도인 칠천 명이 짧은 검은 머리에 뒤판이 찢어진 웃옷을 입고 창백한 말을 타고 한밤중에 가잔 베이의 집으로 쳐들어왔다. 이교도들이 황금 기둥을 세운 집을 약탈하기 시작

하자 거위처럼 예쁜 여자들이 비명을 질렀다. 이교도는 가잔의 준마 떼와 금 낙타 떼를 끌고 갔다

 그들은 가잔의 귀한 보물과 엄청나게 많은 돈도 약탈했다. 늘씬한 소녀 마흔 명과 키가 큰 부를라 카툰을 포로로 잡아갔으며 거동조차 불편할 정도로 쇠약한 가잔 베이의 늙은 어머니를 검은 낙타의 목에 묶어서 포로로 데려갔다. 가잔 칸의 아들인 우루즈 베이와 영웅 삼백 명은 손과 목을 묶어서 끌고 갔으며 일래크 노인의 아들인 사르갈마쉬는 가잔 칸의 집을 지키다 목숨을 잃고 말았다. 그러나 가잔은 자기 집에 무슨 일이 벌어졌는지 전혀 알지 못했다.

 이교도인이 말했다.
 "베이들이여. 우리는 가잔의 마구간에 있는 좋은 말을 빼앗고 금은보화를 약탈했소. 그의 아들 우루즈와 영웅 사십 명까지 사로잡았소이다. 가잔의 낙타 떼를 끌고 왔을 뿐 아니라 늘씬한 소녀 사십 명과 가잔의 아내까지 끌고 왔소. 우리는 가잔에게 엄청난 불행을 안겼소이다."

이 말을 듣던 이교도 한 명이 말했다.

"이제 가잔에게 보복 하나만 보태 주면 될 듯합니다."

쇠클뤼 맬리크가 물었다.

"이보시게, 무슨 보복을 말하는 것인가?"

이교도인이 답했다.

"가잔의 데르벤트에는 양이 만 마리나 있습니다. 그 양들도 빼앗아 버린다면 가잔은 정말 큰 타격을 입을 겁니다."

쇠클뤼 맬리크가 명했다.

"우리 군사, 육백 명을 보내서 양들을 끌고 와라!"

이교도인 육백 명이 뛰어서 말에 올라 행진했다. 그날 밤 가라자 양치기는 악몽을 꾸다가 잠에서 깼다. 그에게는 멧돼지처럼 힘이 센 가반귀즈와 철처럼 튼튼한 대미르귀즈라는 형제가 있었다.

잠에서 깨서 불길한 마음이 든 가라자 양치기는 형제를 불러서 양목장 문을 단단히 잠그라고 지시했다. 그리고 세 군데에 돌을 언덕처럼 쌓고 손에는 화려하게 장식한 물매를 잡고 있었다. 그의 불길한 예감처럼 잠시 후 이교도 육백 명이 가라자 양치기 앞에 나타났다.

"날이 저물어 저녁이 되었는데도 고민이 많구나. 양치기야! 눈이 오나 비가 오나 불을 피우는 양치기야. 우유와 치즈가 많은 양치기야! 가잔 베이의 황금 지붕 장막을 우리가 모조리 부쉈다. 마구간마다 차 있던 좋은 말들을 우리가 빼앗았다. 털이 밝은 좋은 낙타 떼를 우리가 잡아갔다. 영웅 사십 명뿐 아니라 가잔의 아들인 우루즈까지 사로잡았다. 늘씬한 여자 사십 명뿐 아니라 가잔의 어머니도 포로로 잡았다.

양치기야. 조금 가까이 오너라! 머리를 숙이고 가슴에 손을 얹고 우리에게 인사해라! 그리한다면 죽이지는 않겠다. 너를 쇠클뤼 맬리크에게 데려가서 베이 신분을 줄 수도 있다."

양치기가 말했다.

"쓸데없는 소리는 하지도 말아라. 개 같은 이교도 놈아!

내 개가 물을 마시는 곳에서 물을 마시는 더러운 이교도 놈아!

너 지금 네가 타고 있는 말을 자랑질하느냐?

빨간 모자를 쓴 양치기는 내가 보이지 않는 모양이구나.

네 머리에 쓴 투구나 내게 자랑할 참이냐?

내 머리에 쓴 모자로는 어림도 없다.

이백칠십 센티미터 길이 창 정도로 내게 뭘 자랑질을 하는 거냐?

내 붉은 몽둥이보다 약해 보인다.

무슨 검 자랑이냐? 이교도 놈아.

끝이 구부러진 내 양잡이용 막대기만도 못해 보인다.

허리에 매단 화살 아흔 개를 자랑질이냐? 이교도 놈아.

화려하게 꾸민 내 무릿매보다 아주 형편없어 보인다.

좀 가까이 와 봐라!

영웅의 맛을 제대로 한 번 맛보게 해 주마!"

그러자 이교도인들이 조용히 앞으로 나와 화살을 쏘기 시작했다. 용감한 양치기는 무릿매에 돌을 올려서 던졌다. 무릿매를 한 개 던질 때마다 이교도 두어 명이 한 번에 쓰러졌다. 두 개를 던지면 서너 명이 넘어졌다. 이교도인들의 눈이 두려움으로 떨기 시작했다. 가라자 양치기가 무릿매를 던지자 이교도인 세 명이 땅에 얼굴을 처박았다. 가라자 양치기는 이교도인 삼백 명을 무릿매로 처치했다. 그 와중에 안타깝게도 가라자 양치기의 두 형제가 적의 화살에 맞아 숨졌다. 돌이 떨어지자 양치기는 양이든, 염소든 손에 닿는 대로 물매에 넣고 던져서 이교도인을 쓰러뜨렸다. 이교도인들은 잔뜩 겁을 집어먹었다. 눈앞의 세계가 암흑으로 뒤덮인 듯했다. 이교도인 중 누가 말했다.
"이 양치기가 우리를 모조리 죽일 수도 있어."
이교도들은 더 이상 버티지 못하고 도망치기 시작했다. 양치기는 목숨을 잃은 형제들을 땅에 묻고 이교도인의 시체를 쌓아서 큰 언덕을 만들었다. 양치기는 부싯돌로 불을 붙여서 시체 더미를 태우고 자신이 입고 있던 망토를 조금 잘라 대운 후 남은 재를 싱처에 빌랐다. 그리곤 길가에 털썩 주저앉아서 울며 한탄했다.

"살루르 가잔, 베이 가잔! 살아 있습니까? 죽었습니까? 지금 무슨 일이 벌어지고 있는지는 알고는 계십니까?"

그날 밤 오구즈의 기둥, 바인드르 칸의 사위이자 울라스의 아들 살루르 가잔은 악몽을 꾸었다. 한밤중에 자다가 깬 살루르 가잔이 말했다.

"내 동생 가라귀내야. 내가 꿈에서 무엇을 봤는지 아느냐? 아주 불길한 꿈을 꿨다. 매 한 마리가 내 주먹 속에서 펄럭이더니 내 새를 빼앗아 갔단다. 내 높은 집 지붕으로 벼락이 떨어졌단다. 내 고향을 짙은 검은 구름이 둘러쌌단다. 미친개 승냥이들이 우리 집을 쑥대밭으로 만들었단다. 검은 낙타가 내 목덜미를 물었단다. 내 검은 머리카락이 옥수수 대처럼 길어졌단다. 길어질수록 내 눈을 가리더구나. 내 열 손가락이 모두 피투성이였단다. 이런 꿈을 꾸다니 정신을 못 차리겠구

나. 형제여. 내 꿈을 해몽 좀 해 주게."

가라귀내가 말했다.

"검은 구름은 귀하의 운명입니다. 눈과 비는 귀하의 군대입니다. 머리카락은 고민이며 고통입니다. 피는 어둠을 뜻합니다. 다른 것들은 제 능력으로는 잘 모르겠습니다. 알라신께 여쭈어 보심이 좋을 듯합니다."

이 말을 듣고 가잔이 대꾸했다.

"너희들은 사냥을 계속하거라. 나에게 군대 따위는 필요 없다. 오늘 나는 연밤색 말을 타고 사흘에 달릴 거리를 하루에 달려가겠다. 우리 집보다 고향을 먼저 확인하러 가겠다. 만일 집에 아무 일이 없다면 밤이 되기 전에 다시 여기로 돌아오겠다. 고향에 있는 사람들이 위험에 처했다면 여기는 그대들이 알아서 대처하거라. 나는 이제 출발하겠다."

가잔 베이는 연밤색 말을 타고 고향으로 출발했다. 드디어 고향에 도착했다. 고향에는 살쾡이가 돌아다니고 까마귀가 날고 있었다. 가잔 베이는 고향에게 도대체 무슨 일이 있었는지 물었다.

"친척이 많이 사는 내 고향아!

아시아 딩나귀와 밀코손바닥 사슴과 이웃처럼 지내는 내 고향아!

적이 어느 쪽에서 쳐들어왔느냐. 내 아름다운 고향아!

기둥이 높은 내 집은 이제 터만 남고 내 늙으신 어머니가 앉던 자리만 남았다.

우리 아들 우루즈가 활을 쏜 자국만 남았다.

베이들이 말을 달리던 광경만 남았다.

시커먼 부엌에는 불만 남았다."

고향의 처참한 상황을 보고 가잔의 검은 눈에 피눈물이 고였다. 피가 끓어올랐고 검은 명치가 조여 왔다. 가잔은 연밤색 말의 옆구리를 무릎으로 치고 이교도인들이 지나간 길을 달렸다. 가잔 앞으로 물이 하나가 나타났다. 가잔이 혼잣말을 했다.

"물은 분명 신의 얼굴을 본 적이 있을 거야. 물에게 물어봐야겠다."

가잔이 물에게 질문했다.

"바위 아래로 힘차게 흐르는 물!

나무로 만든 배들을 흔들어 대는 물!
이맘 하산과 이맘 후세인[13]이 갈망한 물!
정원과 과수원을 장식하는 물!
좋은 말들이 마시는 물!
황금 낙타들이 지나간 물!
인근에서 흰 양들이 잠을 자는 물!
우리 고향에 대한 소식을 알고 있다면 내게 부디 말해 주오!
목숨을 바쳐 무엇이든 하겠나니!"

그러나 물은 아무런 소식도 말해 줄 수 없었다. 가잔은 물을 지나서 늑대를 만났다. 가잔의 눈에 늑대의 얼굴이 어쩐지 성스러워 보였다.
"어두운 밤에 낮을 시작하는 늑대야!
눈과 비를 맞으면서도 용감하게 서 있는 늑대야!
검은 말을 공포로 울게 하고 낙타가 무서움에 울부짖게 하는 늑대야!
흰 양을 보면 꼬리로 매질하는 늑대야!

---

13) 이맘 하산과 후세인은 무함마드의 손자들로 종교지도자이다.

토실토실한 숫양을 잡아 피 묻은 꼬리를 베어 먹는 늑대야!

네 울음소리만 들려도 개들이 두려움에 떠는 늑대야!

어두운 밤에 양치기들이 횃불을 들고 나서게 하는 늑대야!

혹시 우리 집에 대한 소식을 안다면 알려다오!

걱정으로 터질 듯한 내 머리를 기꺼이 제물로 내놓겠다."

그러나 늑대가 가잔에게 소식을 전할 방법이 있겠는가. 가잔은 늑대를 지나쳤다. 다음에는 가라자 양치기네 검은 개가 가잔 앞에 나타났다. 가잔은 검은 개에게 물었다.

"어두운 밤에 컹컹 짖는 개야!

쓴 아이란[14]을 혀로 핥으며 마시는 개야!

낯선 사람과 도둑을 기겁하게 하는 개야!

무섭게 으르렁거리고 짖는 개야!

우리 고향에 대해 아는 게 있다면 내게 말해 줘!

내가 살아 있는 동안 반드시 은혜를 갚겠다."

---

14) 아이란Ayran은 요구르트로 만든 음료이다.

개에게 물은들 개가 어떻게 소식을 전할 수 있을까. 그런데 개가 가잔의 발치로 달려들어 껑충껑충 뛰고 컹컹 짖기 시작했다. 가잔은 그런 개를 채찍으로 후려쳤다. 개는 채찍을 휘두르는 가잔 곁을 비켜 물러나서 자신이 왔던 길로 되돌아갔다. 가잔은 그 개를 따라갔다. 가잔은 개를 따라간 곳에서 가라자 양치기를 만날 수 있었다.

"어두운 밤이 되면 걱정이 많아지는 양치기여!

눈이 오나 비가 오나 불을 피우는 양치기여!

내 말을 들어주게. 제발 내 말 좀 들어주게!

우리 장막 집이 여기를 지나갔는가? 그랬다면 내게 말해 주게!

내 무슨 일이든 무엇이든 하겠네."

양치기가 말했다.

"가잔이시여. 돌아가신 것이 아니었습니까, 실종되었던 것이 아닌가요? 어디를 돌아다니고 있었단 말입니까? 도대체 어디에 계셨습니까? 어제가 아닙니다. 그저께 당신의 장막 집이 여기를 지나갔습니다. 늙으신 어머니는 검은 낙타의 목에 묶여서 끌려갔습니다. 늘씬한 여자 사십 명과 당신의 부인, 키가 큰 부를라 카툰이 울면서 여기를 지나갔습니다. 이교도들이 당신의 아들, 우루즈와 영웅 사십 명을 포로로 잡았습니다. 그들은 맨발로 끌려갔습니다. 마구간마다 있던 말들을 이교도인들이 타고 가 버렸습니다. 수많은 낙타 떼를 이교도인들이 타고 갔습니다. 금과 은, 엄청난 돈을 빼앗아 갔습니다."

양치기의 말을 듣고 가잔은 숨을 몰아쉬더니 정신을 잃을 지경이었다. 그의 머릿속이 캄캄해졌다. 가잔이 말했다.
"네 주둥이는 말을 못 하게 되리라. 양치기야!
네 혀가 썩어 문드러지리라. 양치기야!
알라신께서 네 운명에 악을 새기리라!"

가잔의 말을 듣고 양치기가 항의했다.
"왜 저를 야단치십니까? 가잔 칸이시여.
저를 믿지 못하십니까?

이교도인 육백 명이 저를 공격했습니다.
제 형제 둘이 목숨을 잃었습니다.
제가 이교도인 삼백 명을 죽였습니다.
저는 당신의 양 중에서 토실토실 살이 오른 양뿐 아니라 어린 새끼 양 한 마리도 이교도인에게 빼앗기지 않았습니다.
그리고 저는 부상을 세 군데나 입었습니다.
걱정이 너무 많아 머리가 어질어질합니다. 저는 이제 혼자입니다.
이게 제 죄입니까?"

양치기는 말을 이어갔다.
"연밤색 말을 내게 내어주세요!

이백칠십 센티미터 길이의 창을 내게 내어주세요!

튼튼한 방패를 내게 내어주세요!

강철로 만든 대검을 내게 내어주세요!

손잡이가 하얀 튼튼한 화살을 내게 주세요!

이교도인의 팔에 앉은 매를 죽여 버리겠습니다.

제 옷소매로 내 이마의 피를 닦겠습니다.

제가 만일 죽어야 한다면 당신을 위해 목숨을 바치겠습니다.

신이 허락하신다면 당신의 집을 제가 구해 오겠습니다."

양치기가 이렇게 말하자 가잔은 슬픔을 가라앉히고 길을 따라 출발했다. 양치기도 가잔의 뒤를 쫓아갔다. 가잔이 양치기에게 물었다.

"아들아, 양치기야, 어디로 가고 있는가?"

양치기가 답했다.

"가잔 주인님, 당신은 집과 가족을 구하러 가시고 나는 내 두 형제의 복수를 하러 갑니다."

양치기가 이렇게 말하자 가잔이 물었다.

"아들아, 양치기야. 배가 고프구나. 먹을 것이 있느냐?"

양치기가 답했다.

"예, 주인님! 어젯밤에 양 한 마리를 요리해 두었습니다. 이 나무 밑에 잠시 앉아서 요기를 하시지요!"

둘 다 말에서 내렸다. 양치기가 보따리를 열었다. 같이 음식을 먹는 동안 가잔은 속으로 생각했다.

"만약 양치기와 함께 가서 우리 가족을 구한다면 훗날 오구즈 베이들이 양치기 덕분에 가족을 구했다고 나를 조롱하겠지."

가잔은 있는 힘을 다해 양치기를 나무에 단단히 묶었다. 말을 타고 떠나기 전 가잔이 양치기에게 말했다.

"양치기야. 굶어서 눈에 힘이 다 빠지기 전에 이 나무를 뽑아라. 안 그러면 새와 짐승이 너를 잡아먹고 말게야."

가라자 양치기는 온 힘을 써서 나무를 통째 뽑았다. 가라자는 등에 나무를 매단 채 가잔을 따라갔다. 가라자 양치기가 따라오는 것을 본 가잔이 물었다.

"이놈아, 그 나무는 또 뭐냐?"

양치기가 대꾸했다.

"가잔 주인님. 이교도인을 공격하더라도 먹어야 하지 않겠습니까. 이 나무를 땔감 삼아 당신께 음식을 만들어 드리겠습니다."

가잔은 양치기의 말이 마음에 들었다. 말에서 내려서 나무에 묶인 양치기를 풀어 주고 양치기의 이마에 키스하며 말했다.

"만약 알라신께서 우리 집을 구하게 허락해 주신다면 내 너를 모든 마구간의 대마구종에 임명하겠다."

둘이 함께 출발했다.

한편 쇠클뤼 맬리크는 이교도인들과 함께 식사를 마치고 앉아 있었다. 기분이 좋아진 쇠클뤼 맬리크가 말했다.

"베이들이여, 가잔에게 보복을 제대로 하려면 어떻게 하는 게 좋을까? 키가 큰 부를라 카툰을 데려다가 술을 따르게 하면 어떻소?"

키가 큰 부를라 카툰은 이 이야기를 듣고 속이 새까맣게 탔다. 부를라 카툰은 늘씬한 사십 명의 여자 사이로 들어가 지시했다.

"가잔 베이의 부인이 누구냐고 물으면 모두 한꺼번에 나서서 말하거라."

쇠클뤼 맬리크의 하인이 들어와서 물었다.

"가잔 베이의 부인이 누구십니까?"

그러자 여인 마흔 명이 자기가 가잔의 부인이라고 서로 우겼다. 이교도인들은 가잔 베이의 부인이 누구인지 알 수 없었다. 하인이 쇠클뤼 맬리크에게 가서 이런 상황을 알렸다.

"한 명을 잡았는데 사십 명이 동시에 말합니다. 누가 가잔 베이의 부인인지 알아내지 못했습니다."

쇠클뤼 맬리크가 명령했다.

"이놈들아. 가잔의 아들, 우루즈를 갈고리에 걸어라. 그놈의 흰 살점을 조각내서 고부르마를 만들어서 사십 명 여자들에게 갖다주어라. 음식을 먹은 자는 가잔의 부인이 아닐 테고 음식을 먹지 않은 자가 바로 가잔의 부인이지 않겠느냐. 그 여인을 데려와서 술을 따르게 하라."

키가 큰 부를라 카툰이 아들을 찾아와서 한탄했다.

"아들아, 아들아!
무슨 일이 벌어지고 있는지 알고 있느냐?
저놈들이 속닥거리는 말을 다 들었단다.
황금 지붕이 있는 높은 우리 집의 기둥인 아들아!
거위를 닮은 우리 여자들의 꽃인 아들아!
아들아, 아들아, 아들아!
아홉 달을 내 좁은 배 속에서 지낸 아들아!
열 달이 되자 세상 밖으로 나온 아들아!
어릴 때부터 재앙을 물리쳐 온 아들아!"
부를라 카툰이 한숨을 쉬었다.
"이교도인들이 다른 계략을 꾸미고 있다. 가잔의 아들인 우루즈를 감옥에서 끌어내고 밧줄로 목을 옭아맨다는구나. 갈고리로 양어깨를 꿰서 매단다는구나. 흰 살을 조각조각 잘라서 기름에 튀겨 고부르마를 만든다고 하는구나. 검은 고부르마를 만들어서 베이의 딸들 사십 명에게 갖다주라는구나. 음식을 먹지 않는 사람이 가잔의 부인일 거라고 하는구나. 가잔의 부인을 데려다 잠자리 시중을 들게 하고 술을 따르게 한다고 했단다."

이어서 아들에게 물었다.

"아들아. 내가 어찌 네 살점을 먹겠느냐? 그렇다고 저 징그러운 이교도인의 침대에서 시중을 들겠느냐? 가잔의 명예에 먹칠을 할 수 있겠느냐? 아들아. 어떻게 해야 하느냐?"

우루즈가 말했다.

"어머니, 어머니의 입이 말라 말 못 하게 되고 혀가 썩어 문드러질 겁니다! 어머니의 권리는 신의 권리라는 말이 없었다면 나는 당장 일어나서 어머니의 목을 잡아 발밑으로 내동댕이쳤을 겁니다. 어머니의 흰 얼굴을 검은 땅에 처박았을 겁니다. 어머니의 얼굴과 입에서 피를 쏟게 해서 어머니의 몸이 얼마나 소중한지 일깨웠을 것입니다. 이게 도대체 무슨 말이십니까? 어머니, 절대로! 제게 오지 마세요! 울지도 마세요! 그들이 저를 갈고리에 매달아도 내버려 두시고 제 살을 조각조각 내도 내버려 두세요. 제 살로 음식을 만들어서 주면 다른 여인들이 한 번 먹을 때 어머니는 두 번 드세요! 이교도인들이 어머니를 알아채면 절대 안 됩니다. 그들에게 술을 따라서 아버지의 명예에 먹칠하면 안 됩니다. 절대로 안 됩니다!"

아들이 이렇게 말하자 어머니의 눈에서는 눈물이 휘몰아치듯 흘렀다. 키가 크고 늘씬한 부를라 카튠은 목과 귀를 움켜쥔 채 쓰러지고 말았다. 가을 사과같이 붉은 뺨을 할퀴고 옥수숫대 같은 머리카락을 쥐어뜯으며 통곡했다. 우루즈가 말했다.

"우리 어머니여.

내 앞에서 이렇게 신음하시면 어떡하나요?

이렇게 통곡하고 울면 어떡하나요?

제 가슴과 심장을 왜 이렇게 아프게 하시나요?

왜 옛일을 떠올리게 하시나요?

어머니! 아랍 말이 있는 곳에는 낙타 새끼가 나지 않잖아요?

흰 양이 있는 곳에선 새끼 양이 태어나지 않을까요?

어머니가 살아남으셔야 해요! 아버지가 살아계십니다!

두 분이 살아계시면 저 같은 아들 하나 다시 태어나지 않을까요?"

이 말을 듣고 어머니는 더는 못 견뎌 사십 명의 여인들 사이로 들어갔다.

이교도인들이 우루즈를 잡아 처형대로 끌고 갔다.
"이교도인들아. 신의 유일함에는 의심이 없다! 내가 이 나무와 얘기를 좀 하게 해 다오."
우루즈가 나무에게 말했다.
"내가 너를 나무라고 부른다고 기분 상하지 않았으면 좋겠다.
메카와 메디나의 문인, 나무야!
모세의 지팡이 나무야!
큰 강의 다리가 된 나무야!
가장 아끼는 안장이 된 나무야!
이맘 하산과 후세인의 요람이 된 나무야!
남편과 아내의 두려움인 나무야!
머리 부분을 잡고 보면 머리가 없고
뿌리 부분을 잡고 보면 뿌리가 없다.
나무야, 나를 너에게 매달려고 하면 절대 용납하지 말아라!

만약 이를 받아들인다면 내 너에게 죄를 물겠다. 나무야!

차라리 고향에 있었더라면 좋았을 것을. 나무야!

고향에 있었으면 검은 인도 노예들을 시켜 너를 조각조각 자르라고 명했을 텐데."

우루즈는 이어서 말했다.

"마구간에 매 둔 내 말들이 아깝다!

형제라고 부르는 내 친구들이 아깝다!

내 주먹에서 날아가는 매가 아깝다!

시간을 주면 사냥감을 잘 물어 오는 내 개들이 아깝다!

베이 지위를 누리지 못했는데 아깝다!

지치지 않고 용감한 내 영혼이 아깝다!"

우루즈가 가슴을 움켜잡고 흐느끼며 이렇게 괴로워할 때 살루르 가잔과 가라자 양치기가 말을 쏜살같이 달려 그곳에 도착했다. 양치기는 삼년생 송아지 가죽을 덧대서 만든 무릿매 끈 중앙에 돌을 얹어서 무기로 사용했다. 양치기의 무릿매는 송아지 가죽의 양 끝 가장자리에 구멍을 뚫고 염소 털로 끈을 만들어 연결한 후 끈 양쪽 끝으로는 염소 털로 고리를 달아 만든 것이었다. 무릿매 끈을 만드는 데는 염소 세 마리의 털이 들어갔고, 무릿매에 고리를 다는 데는 염소 한 마리의 털이 필요했다.

양치기는 이 무릿매로 구십육 킬로그램이나 되는 돌도 던질 수 있었다. 양치기가 던진 돌은 땅에 떨어지지도 않았고 설령 돌이 땅에 떨어지더라도 재가 되어 먼지처럼 흩어졌다. 돌이 떨어진 곳에는 삼 년 동안 풀 한 포기조차 자라지 않아서 살찐 양이든 바싹 마른 새끼 양이든 밖에 혼자 두더라도 별 탈이 없었다. 승냥이와 늑대조차도 양치기를 무서워해서 양을 잡아먹지 못했다. 가라자 양치기는 그곳에 도착하자마자 무릿매를 던지기 시작했다. 이를 본 이교도인들은 세상이 순식간에 좁아진 듯 잔뜩 움츠러들었다.

가잔이 말했다.

"가라자 양치기여! 우리 어머니가 말발굽에 걸어 채이지 않도록 어머니를 먼저 풀어 달라고 이교도인에게 말해 보겠다."

가잔이 쇠클뤼 맬리크를 불러 요청했다.

"쇠클뤼 맬리크여.

내 황금지붕 장막을 가져갔더군. 그래, 당신에게 그늘이 될 거요.

내 값비싼 보물과 많은 금을 가져갔더군. 그래, 당신에게 요긴하게 쓰일 거요.

늘씬한 여인 사십 명과 부를라 카툰을 데려갔더군. 그래, 당신의 포로요.

영웅 사십 명과 우리 아들 우루즈를 데려갔더군. 그래, 당신의 노예요.

마구간을 다 뒤져서 내 좋은 말을 가져갔더군. 그래, 당신이 타도 되오.

낙타 떼를 많이 가져갔더군. 그래, 당신 짐을 날라도 좋소.

우리 늙은 어머니를 잡아갔더군. 우리 어머니는 내게 보내 주시오!

그리만 한다면 싸우지 않고 물러나겠소."

이교도인이 대꾸했다.

"높은 황금지붕 장막을 가지고 왔지. 그건 다 우리 것이오!

쉬클뤼 맬리크는 늘씬한 여인 사십 명과 부를라 카툰을 데려왔지. 모두 우리 것이오!

영웅 사십 명과 우루즈를 데려왔지. 다 우리 것이오!

수많은 낙타를 가져왔지. 다 우리 것이오!

늙은 어머니를 데려왔지. 우리 것이오!

당신에게 넘겨줄 수 없소.

우리는 당신의 어머니를 야이한 사제의 아들에게 줄 것이오.

야이한 사제의 아들을 낳게 될 것이오.

그가 당신을 대신할 것이오."

이런 말을 듣고 가라자 양치기의 분노가 턱까지 차올랐다. 가라자의 입술이 떨리기까지 했다. 양치기가 말했다.

"기억력도 종교도 없는 이교도 놈아!

이성도 머리도 없는 이교도 놈아!

앞에 보이는 눈 덮인 산은 너무 늙어서 풀이 자라지 않는다.

피로 물든 강들은 이제 가물어서 물이 흐르지 않는다.

좋은 말들도 늙으면 새끼를 낳지 못한다.

야, 이교도 놈아. 가잔의 어머니는 늙어서 이제 아들을 낳을 수 없다.

쉬클뤼 맬리크 놈아. 가잔의 후손을 얻고 싶다면 네 딸을 가잔에게 주어라!

야, 이교도 놈아. 네 딸이 가잔의 아들을 낳는다면 네 딸의 아들이 가잔의 적이 되지 않겠는가?"

이윽고 오구즈 베이들도 속속 그곳에 도착했다. 황소 가죽을 요람의 이불로 덮은 가라귀내, 화가 나면 검은 돌을 재로 만들어 버리는 가라귀내가 도착했다. 가라귀내는 턱수염을 목 뒤에서 일곱 번이나 묶은 영웅 중의 영웅이며 가잔 베이의 형제였다.

"형제여. 검을 드십시오!"

철로 만들어진 데르벤트의 문을 빼앗고 함락한 영웅, 이백칠십 센티미터 길이의 창으로 적을 애처럼 찔

쩔 짜게 한 그얀 샐지크의 아들 댈리 돈다즈도 말을 달려 도착했다. 그리고 말했다.

"검을 휘두르십시오! 주인님, 제가 왔습니다."

바이부루투의 파라-사라성을 무너뜨리고 명성을 얻은 영웅, 일곱 자매의 희망이며 회색 말을 가진 가잔 베이의 전우, 배이래크가 말을 달려 도착했다. 배이래크가 말했다.

"칼을 휘두르세요. 내가 왔습니다."

이어서 가즐르그 노인의 아들 예이내크가 도착했다. 예이내크는 솔개를 덮치는 독수리 같은 용맹함을 가진 용사로 귀에는 금귀걸이를 하고 있었다. 오구즈 베이들을 말에서 떨어뜨리는 용감한 용사인 예이내크가 말했다.

"칼을 휘두르세요. 내가 왔습니다."

이어서 가잔 베이의 외삼촌 아루즈 노인이 도착했다. 입이 말처럼 생긴 노인은 염소 육십 마리 가죽으로 외투를 만들어 입었어도 외투 자락이 발목에 닿지 않았고 염소 여섯 마리 가죽으로 만든 모자도 노인의 귀를 감싸지 못했다. 발과 팔은 길고 종아리는 얇은 아루즈 노인이 말했다.

"칼을 휘누르세요, 가산. 내가 왔습니다."

다음으로 붉은 피의 콧수염 뷔크뒤즈 애맨이 도착했다. 뷔크뒤즈 애맨은 선지자의 얼굴을 보러 갔다가 돌아온 다음부터 선지자의 추종자가 되었는데, 화가 나면 수염에서 피가 솟구쳐서 수염이 온통 피로 물들곤 했다. 뷔크뒤즈 애맨이 말했다.

"칼을 휘두르세요, 가잔. 내가 왔습니다."

이어서 일래크 노인의 아들 알프 애랜이 말을 달려 도착했다. 앨프 애랜은, 이교도인을 개에게 끌려 가게 해 모욕하고 고향을 떠났다. 이후 아이그르-게즐랴 강을 말과 함께 헤엄쳐 건너 쉰일곱 채의 성을 함락시킨 후, 아그 맬리크의 딸 체스매라와 결혼한 자였다. 또, 알프 애랜은 수피 산달 맬리크를 이겨 피를 토할 정도로 괴로워하게 하고, 서른일곱 채 성의 베이 딸들을 납치해서 차례로 욕보이기도 했다.

앨프 애랜이 말했다.

"칼을 드세요, 가잔. 내가 왔습니다."

오구즈 베이들이 다 도착하자 셀 수 없을 만큼 많아졌다. 그들은 깨끗한 물로 씻고 흰 이마가 바닥에 닿게 기도하며 나마즈 예배를 올리고 무함마드를 찬양했다. 그리고 어떤 망설임도 없이 이교도인을 공격했다. 영웅들은 검을 들어 휘둘렀고 황금 나사로 테두리를 장식한 구리 나팔 소리와 북소리가 울렸다.

그날 누가 용감한 영웅인지 만천하에 드러났고 겁쟁이들은 숨을 곳을 찾느라 정신이 없었다. 무시무시한 전투가 벌어졌다. 벌판엔 잘린 머리들이 공처럼 굴러다녔다. 좋은 말들도 뛰다가 말굽이 떨어지고 크고 긴 창들도 철로 만든 검도 무뎌졌다. 깃털 세 개 달린 자작나무로 만든 화살이 날아다녔고 화살촉이 닳았다. 마치 종말의 날 같았다. 주인은 하인을 떠났고 하인도 주인에게서 달아났다.

댈리 돈다즈는 오른쪽에서 적을 공격하고 가라귀내의 아들 댈리 부다그는 용감한 영웅들과 함께 왼쪽에서 적을 공격했다. 가잔은 다른 베이들과 함께 중앙에서 적을 공격했다. 가잔이 드디어 쇠클뤼 맬리크를 찾아내서 말에서 떨어뜨리고 머리를 잘랐다. 가잔은 단한 번의 공격으로 쇠클뤼 맬리크를 쓰러뜨렸다. 쇠클뤼 맬리크는 땅에 피를 쏟으며 고꾸라졌다. 적의 오른쪽에서는 가라 튀캔 맬리크와 그얀 샐지크의 아들 댈리 돈다즈가 싸우고 있었다. 댈리 돈다즈는 적의 오른쪽을 공격해서 검으로 적을 베고 말에서 떨어뜨렸다. 왼쪽에서는 부가즉 맬리크와 가라귀내의 아들 댈리 부다그가 마주 보며 싸우고 있었다. 댈리 부다그가 날카로운 돌기 여섯 개가 달린 곤봉으로 부가즉 맬리크의 머리를 세게 치자 부가즉 맬리크의 눈앞이 캄캄해졌다. 부가즉은 말 목을 끌어안은 채 땅으로 곤두박질쳤다.

가잔 베이의 형제가 이교도인의 깃발을 칼로 쳐서 땅에 쓰러뜨렸다. 이교도인은 전투에서 졌고 이교도인의 시체를 먹으려고 언덕과 계곡으로 까마귀들이 떼로 모여들었다. 이교도인 전사자는 만 이천 명에 달했으며 그에 비해 오구즈인 전사자는 오백 명이었다. 가잔 베이는 도망가는 이교도 사람들을 쫓지 않았으며 항복한 자는 살려 주었다. 오구즈 베이들은 엄청나게 많은 전리품을 얻었다.

가잔 베이는 자신의 군대, 아내, 아이들, 보물을 되찾고 황금 왕좌로 돌아갔다. 부서진 집을 다시 지으라고 명하고 가라자 양치기를 대마구종에 임명했다. 칠박 칠일 밤낮으로 잔치를 열고 사내종 마흔 명과 여자 종 마흔 명을 아들 우루즈의 복을 빌며 자유인으로 풀어 주었다. 용감한 영웅들에게 큰 땅을 하사하고 바지와 모피코트 등도 주었다.

고르구드 아버지가 와서 시를 지어 읊었다.

"베이라고 부르던 용감한 이들은 다 어디로 갔는가?
세계가 내 것이라고 자신만만하던 이들은 다 어디에 있는가?
죽음이 영웅들을 데려가고 땅이 영웅들을 숨겼으니 필멸의 세계는 누구의 것이 되었는가?
누구나 왔다 가는 세상, 반드시 죽음이 있는 세상.
누구도 죽음을 피할 수는 없는 세상!

내가 이제 덕담 한마디 하겠습니다.

그늘을 내어주는 큰 나무는 잘리지 않으리라!

맹렬히 흐르는 아름다운 물은 결코 마르지 않으리라!

신은 당신이 악인에게 의지하게 내버려 두지 않으리라!

흰 말은 달리고 달려도 지치지 않으리라!

날카로운 강철 검은 무뎌지지 않으리라!

창을 아무리 찔러도 긴 창은 결코 휘어지지 않으리라!

천국이 수염이 하얗게 센 아버지의 거처가 되리라!

낙원이 머리칼이 하얗게 센 어머니의 거처가 되리라!

마지막 날에도 순수한 믿음을 잃지 않으리라!

아멘이라고 말하는 자들은 모두 신의 얼굴을 보게 되리라!

이마가 땅에 닿도록 다섯 번 예를 올리면 알라신께서 흡족해하시리라!

알라신께서 거룩한 무함마드의 이름으로 당신의 죄들을 용서해 주시리라!"

4
바이배래의 아들 밤스 베이래크 이야기

감 칸의 아들, 바인드르 칸이 자리에서 일어나더니 검은 땅에 흰 집을 지으라고 명했다. 하인들이 천장이 높은 천막을 하늘에 닿을 정도로 짓고 비단 카펫을 천 곳에 깔자 오구즈 베이들이 바인드르 칸의 이야기를 들으러 모여들었다. 그중에는 바이배래와 그의 사람들도 있었다. 바인드르 칸의 앞에는 그의 아들, 가라부다 그가 서 있었고 오른쪽에는 가잔의 아들, 우루즈가 있었다. 또 칸의 왼쪽에는 가즐륵 노인의 아들, 예으내크 베이도 서 있었다.

이 모습을 보고 있던 바이배래가 한숨을 크게 쉬더니 정신을 놓은 듯 수건을 든 채 통곡하기 시작했다.

오구즈의 기둥이며 바인드르 칸의 사위인 살루르 가잔이 이 모습을 지켜보다가 바이배래 앞에 건장한 무릎을 꿇고 바이배래의 얼굴을 살폈다.

"바이배래 베이, 왜 이렇게 통곡하는 게요?"

바이배래 베이가 답했다.

"내가 어찌 울지 않을 수 있겠습니까? 어찌 통곡하지 않을 수 있으리오? 아들로서 아들이 없고 형제로서 형제가 없으니 알라신이 나를 저주한 것이 틀림없소. 베이들이여. 나는 내 왕관을 위해 웁니다. 어느 날 내가 죽으면 내 고향에는 후계자가 아무도 없소이다."

가잔이 다시 물었다.

"바이배래 베이, 당신의 소원이 그것이오?"

바이배래가 답했다.

"예, 그렇소이다. 나도 아들이 있었으면 좋겠습니다. 내게 아들이 있다면 바인드르 칸을 섬기겠지요. 그런 아들을 보면서 기뻐하고 자랑스러워하고 기특해하고 싶소이다."

이 말을 들은 오구즈 베이들이 하늘을 바라보면서 두 손을 하늘을 향해 들어 올리며 기도를 올렸다.

"알라신께서 당신에게 아들 하나를 점지해 주시기를 빕니다."

당시에는 베이들이 하는 악담과 덕담이 모두 이루어졌다. 그들의 기도는 다 현실이 되는 시절이었다. 그때 바이비잔 베이가 자리에서 일어났다.

"알라신께서 나한테도 딸 하나를 점지해 주시면 얼마나 좋을까요."

오구즈 베이들이 다시 한번 두 손을 들어 그의 소원을 위해 기도를 올렸다.

"알라신께서 당신에게 딸 하나를 점지해 주시기를 빕니다."

그러자 바이비잔 베이가 제안했다.

"베이들이여. 여러분 모두 여기 오늘의 증인입니다. 만약 알라신께서 나에게 딸을 주신다면 내 딸과 바이배래 베이의 아들은 요람에서부터 정혼자입니다."

이윽고 알라신이 바이배래 베이에게는 아들을, 바이비잔 베이에게는 딸을 점지해 주셨다. 이 소식을 들은 오구즈 베이들은 너무 기뻤다. 아들을 얻은 바이배래 베이가 상인들을 불러 명했다.

"상인들은 듣거라. 알라신께서 내게 아들을 주셨다. 룸[15]에 가서 우리 아들에게 어울리는 좋은 선물을 구해 오거라. 우리 아들이 다 장성하기 전에 선물을 가져와야 할 것이다!"

바이배래 베이의 명을 들은 상인들은 밤낮없이 길을 걸었다. 드디어 이스탄불에 도착한 상인들은 좋은 물건을 찾아서 흥정했다. 그들은 바이배래의 아들을 위한 선물로 말 한 마리, 바닥을 흰 가루로 칠한 튼튼한 활과 돌기가 여섯 개 달린 곤봉을 샀다. 물건을 다 구한 상인들은 고향으로 돌아갈 준비를 했다.

한편 바이배래의 아들은 잘 자라서 다섯 살이 되었다. 시간은 계속 흘렀고 바이배래 베이의 아들은 잘생기고 훌륭한 영웅으로 자랐다. 강물에 비친 바이배래 베이 아들의 모습은 물수리처럼 용감해 보였다. 당시에는 소년이 적의 목을 베고 피를 흘릴 때까지 이름을 지어 주지 않는 풍습이 있었다. 하루는 바이배래의 아

---

15) 룸Rum은 튀르키예 서쪽에 위치한 나라로 비잔틴 제국이 통치했다.

들이 말을 타고 사냥을 나갔다가 아버지의 마구간에 늘르게 되었나. 마구간의 수정은 바이배래 베이의 아들을 반갑게 맞고 음식을 대접했다. 그들은 함께 먹고 마시면서 즐거운 시간을 보냈다.

이때 상인들은 고향으로 돌아오는 길이었다. 그런데 상인들이 대 데르벤트 국경에 다다랐을 때 에브니크 성의 이교도인들이 그들을 염탐하고 밤을 틈타 공격하는 일이 벌어졌다. 잠을 자다 불시에 오백 명의 이교도인들에게 공격받은 상인들은 모든 물건을 빼앗기고 포로 신세가 되었다. 상인 한 명만 겨우 빠져나와 정신없이 도망쳤다. 고향에 도착한 상인이 처음 본 것은 오구즈의 높은 천막이었다. 천막에는 잘생긴 젊은 영웅이 자신의 좌우로 사십 명의 영웅을 대동하고 앉아 있었다. 상인은 생각했다.

'오구즈의 의로운 영웅일 거야. 가서 도움을 청해야겠다.'

상인이 말했다.

"영웅, 영웅, 베이 영웅이여! 내 말 좀 들어봐 주세요! 내 이야기를 들어봐 주세요! 저는 오구즈 땅을 떠

난 지 십육 년이나 되었습니다. 이교도인들에게 물건을 사서 오구즈 베이들에게 운송하는 일을 하고 있었습니다. 그런데 대 데르벤트의 파스니크[16]성 근처에서 자고 있을 때 에브니크 성의 이교도인 오백 명이 우리를 공격했습니다. 우리 형제가 포로로 잡혔습니다. 이교도인들이 우리 물건을 약탈했습니다. 고통 속을 헤매다 당신을 찾아왔습니다. 도와주세요. 용감한 영웅이여!"

상인의 말을 들은 소년이 마시던 술잔을 술이 남은 그대로 바닥에 내동댕이쳤다.

"내 말과 전투복을 가져오라! 나를 따르는 영웅들은 당장 말에 오르라."

상인이 앞서가며 소년 일행에게 길을 안내했다. 마침 이교도인들이 한곳에 모여 돈을 나누고 있을 때 흰 말을 탄 소년이 그곳에 도착했다. 소년은 용맹한 사자와 같았다. 소년이 검으로 이교도인들의 목을 베기 시작

---

16) 파스니크성Pasnik qalası은 에르주룸의 한 주이자 오구즈 지역으로 통하는 무역 길의 경계였다.

했다. 소년은 저항하는 자를 모두 죽이고 상인들의 물건을 전부 되찾았다. 상인늘이 말했나.

"베이 영웅님, 용감하게 우리를 구해 준 분이시여, 마음에 드시는 물건이 있으면 기꺼이 드리고 싶습니다!"

회색 말과 여섯 개의 돌기가 있는 곤봉과 바다을 흰 가루로 칠한 화살이 소년의 눈에 들어왔다. 소년이 답했다.

"상인이여, 이 말과 이 화살과 이 곤봉이 마음에 듭니다."

소년의 말을 들은 상인들의 얼굴이 어두워졌다. 그 모습을 본 영웅 소년이 물었다.

"상인들이여, 혹시 내가 너무 많은 것을 바랐나요?"

상인들이 곤란해하며 답했다.

"많기는요. 그게, 그러니까, 용감한 영웅이시여, 우리 베이에게 아들이 한 명 있습니다요. 이 세 물건은 그 소년에게 가져가는 물건이라서 그럽니다."

소년이 물었다.

"그대들의 베이의 아들이 누구인가요?"

상인들이 답했다.

"바이배래 베이에게 밤스라는 아드님이 한 분 있습니다."

그러나 상인들은 이 소년이 바로 바이배래의 아들이라는 사실을 전혀 눈치채지 못했다. 소년은 자기 손가락을 깨물며 생각에 잠겼다.

'여기에서 이들에게 보답을 받는 것보다 아버지 옆에서 선물을 받는 것이 더 좋겠지!'

소년은 그대로 자기 말을 채찍질하고는 그 자리를 떠났다. 상인들이 떠나는 소년의 뒤를 바라보면서 말했다.

"맙소사, 저분은 정말 의로운 영웅이야. 공명정대한 영웅이야!"

소년은 아버지 집으로 돌아왔다. 드디어 상인들이 도착하자 소년의 아버지는 기뻐하며 상인들을 맞았다. 아버지는 장막과 천막을 치라고 명하고 바닥에는 비단 카펫을 깔라고 했다. 아버지는 장막 안으로 들어가서 아들을 자기 옆에 앉혔다. 소년은 아버지에게 상인들과의 일에 대해서 한마디도 하지 않았으며 자신이 이교도들을 죽였다는 것에 대해서도 일절 말하지 않았다. 상인들이 장막으로 들어와서 고개 숙이며 인사했다. 그런데 적을 죽이고 피 흘린 의로운 영웅이 바이배래의 오른쪽에 앉아 있는 것이 아닌가. 소년을 본 상인들이 깜짝 놀라며 소년에게 다가가 손에 입을 맞췄다. 상인들의 행동을 본 바이배래는 화가 났다. 바이배래가 상인들을 나무라며 호통쳤다.

"이놈들아! 아버지가 이렇게 멀쩡히 살아 있는데 아들의 손에 먼저 입을 맞추다니, 이게 무슨 짓이냐?"

그러자 상인들이 오히려 반색했다.

"칸이시여, 이 영웅이 칸의 아드님입니까?"

바이배래가 여전히 화난 목소리로 답했다.

"그렇다. 내 아들이다."

상인들이 칸에게 그간의 사정을 늘어놓았다.

"우리가 이 소년의 손에 먼저 입을 맞추었다고 화를 내지 마십시오. 칸의 아들이 없었다면 우리 물건은 조지아 쪽에서 이교도인들에게 진즉 빼앗겼을 겁니다. 우리는 모두 잡혀서 죄수가 되고 말았을 겁니다."

바이배래 베이가 놀라며 물었다.

"그렇다면, 우리 아들이 적의 목을 베고 피를 흘렸다는 말인가?"

상인들이 답했다.

"예. 적의 목을 베고 피 흘리게 하고 말 탄 사람들을 말에서 떨어뜨렸습니다."

바이배래가 또 물었다.

"그럼 우리 아들의 이름을 지을 때가 왔다는 것인가?"

"예, 칸이시여. 그 이상의 용맹을 보여 주셨습니다."

바이배래 베이는 오구즈 베이들을 불러 연회를 열었다. 고르구드 아버지가 연회에 와서 소년에게 이름을 지어줬다. 고르구드 아버지가 말했다.

"내 말을 들어주십시오. 바이배래 베이!

알라신께서 당신에게 아들 하나를 주셨으니 아드님의 장수를 빕니다!

전쟁의 깃발을 들 때는 무슬림의 기둥이 되기를 빕니다!

저기 눈 덮인 산을 넘어갈 때는 알라신께서 아드님에게 길을 열어 주기를 빕니다.

당신이 아들을 밤스라고 부르고 있으니 나도 회색 말을 타는 아드님에게 밤스 배이래크라는 이름을 줍니다.

이름은 내가 지었으나 수명은 알라신이 정하실 겁니다!"

오구즈 베이들이 손을 들어 기도를 올렸다.

"오늘 받은 이 이름이 성공을 가져다주기를."

어느 날 베이들이 큰 군대를 이끌고 사냥을 나갔다. 밤스 배이래크도 회색 말을 타고 사냥에 참여했다. 그런데 사냥 중에 갑자기 사슴 떼가 오구즈 베이들을 향해 달려드는 일이 벌어졌다. 이를 본 밤스 배이래크가 사슴 떼 중 한 마리를 쫓기 시작했다. 사슴을 쫓던 밤스는 푸른 잔디밭에서 빨간 장막을 발견하고 말을 멈추었다.

밤스 배이래크는 빨간 장막이 누구

의 것인지 궁금했다. 그렇지만 이 빨간 장막이 바로 자신의 정혼자인 밤색 눈을 가진 소녀의 장막이라는 것은 전혀 알지 못했다. 밤스 배이래크는 어쩐지 쑥스러운 마음이 들었지만 어떤 일이 있어도 사냥감을 잡아야 한다고 다짐하며 빨간 장막 쪽으로 다가갔다. 마침내 밤스 배이래크는 장막 바로 앞에서 사슴을 잡았다. 그런데 장막을 가까이서 본 밤스 배이래크가 그제야 이 장막이 자신이 요람에서부터 약혼한 바느치채크의 장막이라는 것을 눈치챌 수 있었다. 장막 안에서 밖을 보고 있던 바느치채크가 유모에게 물었다.

"유모, 저 바보 같은 놈이 우리에게 제힘을 보여 주려는 것 같아. 저 소년에게 가서 사슴 고기를 우리에게 좀 나눠 달라고 해 봐. 뭐라고 답할지 궁금해."

그스르자 옌개라는 여인이 앞으로 나서서 소년에게 요청했다.

"이보시오. 용감한 베이 영웅, 우리에게도 사슴 고기를 좀 나눠 주시오!"

"유모, 나는 사냥꾼이 아닙니다. 나는 베이의 아들입니다. 이 장막이 누구의 것인지 알려 줄 수 있나요?"

그스르자 옌개가 답했다.

"우리의 용감한 베이, 이 장막은 비이비잔 베이의 딸 바느치채크의 장막입니다."

이 말을 들은 밤스 배이래크는 피가 끓어올랐지만 공손하게 물러나 돌아갔다. 소녀들이 사슴을 가져가서 미녀 중에서도 가장 아름다운 바느치채크의 앞에 놓았다. 사슴은 술탄에게 어울릴 만한 사슴이었다. 바느치채크가 물었다.

"애들아, 이 영웅은 어떤 사람이었느냐?"

"천으로 얼굴을 가려서 얼굴을 볼 수는 없었지만 훌륭한 영웅 같았습니다. 베이의 아들 베이였습니다."

"아버지가 늘 말씀하시기를 얼굴을 천으로 가린 배이래크와 내가 약혼한 사이라고 했는데 그 영웅은 남자더냐? 그를 불러 보아라. 내가 직접 물어봐야겠다."

배이래크가 오자 바느치채크는 차도르로 얼굴을 가린 채 말했다.

"영웅님, 어디서 왔나요?"

배이래크가 답했다.

"내오구즈에서 왔습니다."

소녀가 다시 물었다.

"내오구즈 어느 집안인가요?"

배이래크가 답했다.

"나는 바이배래 베이의 아들, 밤스 배이래크입니다."

소녀가 또 물었다.

"그런데 무슨 일로 여기에 온 건가요?"

배이래크가 답했다.

"바이비잔 베이의 딸이 있는데 그 소녀를 보러 왔습니다!"

소녀가 말했다.

"바이비잔 베이의 딸은 당신을 만나지 않을 겁니다. 나는 바느치채크의 유모입니다. 우리 둘이 사냥을 해 보면 어떻습니까? 만약 당신의 말이 내 말을 앞지른다면 이는 곧 바느치채크의 말도 이긴다는 뜻입니다. 화살 시합을 해 보면 어떻습니까? 만약 당신의 화살이 내 화살을 앞지르면 바느치채크의 화살도 이긴다는 의미입니다. 그리고 씨름을 한판 벌이면 어떻습니까? 당신이 나를 이긴다면 그도 이길 수 있다는 뜻입니다."

밤스 배이래크가 답했다.

"그럽시다. 말을 탑시다!"

둘은 말을 타고 벌판으로 나왔다. 둘은 함께 말을 달리기 시작했다. 그런데 어느 때부터인가 배이래크의 말이 소녀의 말을 앞질렀다. 그리고 둘이 동시에 화살을 쏘자 배이래크의 화살이 소녀의 화살을 앞질렀다.
"영웅님, 이제까지 아무도 내 말을 앞지른 적이 없고 내 화살을 앞지른 적도 없어요. 이제 씨름을 해 볼까요?"

그 말을 들은 밤스 배이래크는 바로 말에서 내렸다. 둘의 씨름이 시작되었다. 그들은 씨름꾼처럼 서로 얽혀서 싸웠다. 때때로 배이래크가 소녀를 쓰러뜨릴 뻔했고 때로는 소녀가 배이래크를 쓰러뜨릴 뻔했다. 그러다 배이래크는 생각했다.

'오늘 이 소녀에게 지면 나는 오구즈인들 사이에서 망신거리가 되고 말 거야.'

밤스 배이래크는 있는 힘을 다해 소녀는 움켜잡고 소녀의 허리를 잡아챘다. 가슴 섶을 틀어쥐어 끌어안고는 소녀의 늘씬한 몸을 꽉 붙잡아서 다리를 걸어 넘어뜨렸다. 소녀가 말했다.

"영웅님, 내가 바로 바이비잔의 딸 바느치채크입니다!"

배이래크는 소녀의 입에 세 번 입을 맞추고 손가락에 끼고 있던 반지를 빼서 소녀에게 끼워 주며 말했다.

"이 반지는 우리 사이의 증표입니다."

소녀가 말했다.

"그렇다면 결혼식을 해야 합니다. 베이의 아들이여!"

배이래크가 답했다.

"예. 물론입니다."

밤스 배이래크는 소녀와 헤어져 집으로 돌아왔다. 머리가 하얗게 센 아버지가 아들에게 다가왔다.

"아들아, 오늘 오구즈에서 무엇을 보고 무엇을 들었느냐?"

밤스 배이래크가 답했다.

"아들이 있는 사람은 아들을 결혼시키고 딸 있는 사람을 딸을 시집보냈습니다."

아버지가 다시 물었다.

"아들아, 결혼하고 싶다는 말이냐?"

밤스 배이래크가 답했다

"예 존경하는 우리 아버지!"

아버지가 물었다.

"오구즈에서 누구의 딸과 결혼하고 싶으냐?"

밤스 배이래크가 답했다.

"아버지, 나랑 결혼할 여자는 내가 자리에서 일어나기 전에 이미 일어나 있고 내가 말을 타기 전에 이미 말에 올라타고 내가 전쟁에 나가기 전에 적의 머리를 가지고 올 여자여야 합니다. 제게 그런 여자를 데려와 주세요!"

그의 아버지 배이배래 칸이 말했다.

"아들아, 너는 부인이 아니고 동지 중 동지를 바라는구나! 아들아, 혹시 네가 바라는 여자가 바이비잔 베이의 딸, 바느치채크냐?"

밤스 배이래크가 답했다.

"예, 존경하는 우리 아버지, 제가 바라는 여자가 바로 그 여자입니다."

아버지가 말했다.

"아들아, 바느치채크에게는 미치광이 오빠가 하나 있단다. 그의 이름은 미치광이 가르자르이다. 바느치채크와 결혼하고 싶어 하는 사람은 모조리 죽인단다."
밤스 배이래크가 말했다.
"그럼 어떻게 해야 할까요?"
바이배래 베이가 제안했다.
"아들아, 오구즈 베이들을 우리 집으로 초대하자. 베이들과 상의해 보자꾸나."

바이배래 베이는 오구즈 베이들을 모두 집으로 불러 푸짐하게 대접하며 밤스의 결혼에 관해 조언을 구했다. 오구즈 베이들이 머리를 맞댔다.
"중매를 놓으러 누가 가면 좋겠습니까?"
긴 상의 끝에 고르구드 아버지가 가기로 결정되자 고르구드 아버지가 베이들에게 요구했다.
"여러분이 나를 보내기로 하신 듯한데 미치광이 가르자르는 누이의 중매를 하러 온 사람을 모조리 죽인다고 하오. 바인드르 칸의 마구간에서 잘 달리는 좋은 말, 두 마리를 골라서 내게 주시오. 하나는 염소 머리처럼 생긴 말이어야 하고 다른 한 마리는 양 머리처럼 생긴 말이이야 하오. 도망갈 일이 생기면 힌 마리를 다고 가다가 다른 한 마리로 갈아탈 것이외다."

고르구드 아버지의 말에 일리가 있었다. 사람들이 바인드르 칸의 마구간에서 말 두 마리를 가져왔다. 고르구드 아버지가 한 마리에 올라타고 다른 한 마리는 끈으로 끌며 말했다.

"여러분을 알라신께 맡기고 갑니다!"

미치광이 가르자르가 검은 땅에 높은 장막을 짓고 친구들과 함께 화살을 쏘고 있을 때 고르구드 아버지가 멀리서 나타나 다가오고 있었다. 고르구드 아버지가 고개를 숙이고 정중하게 인사하는데 미치광이 가르자르는 입에 거품을 물면서 고르구드 아버지를 위협했다.

"안녕하시오. 당신이 이곳에 발을 들인 적이 없고 이곳의 물을 마신 적도 없는데 도대체 무슨 일이오? 의도치 않게 생긴 일이오? 정신이 나간 거요? 당신이 죽을 때가 된 겐가? 여기가 어디라고 감히, 예서 무엇을 하고 있소?"

고르구드 아버지가 답했다.

"저기 잠자는 높은 산을 넘어왔습니다. 세차게 흐르는 강물을 건너왔습니다. 신의 명령과 선지자의 말씀에 따라 달보다 맑고 태양보다 밝은 당신의 여동생, 바느치채크와 밤스 배이래크를 중매하러 왔습니다."

고르구드 아버지의 말이 끝나자 미치광이 가르자르가 대꾸했다.

"네 이놈. 네가 지금 무슨 말을 지껄이는지 네 귀에 들리기는 하냐? 여봐라, 당장 내 말을 가져오라!"

미치광이 가르자르는 무기가 장착된 자기 말이 준비되기 무섭게 말에 올라탔다. 고르구드 아버지가 낙담하고 도망치기 시작하자 미치광이 가르자르가 그 뒤를 쫓아갔다. 고르구드 아버지는 처음에 양 머리처럼 생긴 말을 타고 달렸는데 곧 말이 지치자 달리는 말에서 뛰어서 염소 머리처럼 생긴 말로 갈아탔다. 미치광이 가르자르는 고르구드 아버지를 바싹 따라붙었다. 쫓고 쫓기며 골짜기 열 개를 지나 이제 고르구드 아버지가 잡히기 직전이었다.

그런데 그 찰나에 오히려 고르구드 아버지의 머리가 맑아지기 시작하면서 일라신의 성스러운 이름들이 입에서 튀어나왔다. 미치광이 가르자르는 검은 손을 들어 도끼처럼 생긴 무기를 내려치며 고르구드 아버지를 공격하려 했다. 궁지에 몰린 고르구드 아버지가 다급하게 빌었다.

"나를 친다면 당신의 손이 말라비틀어지길 비나이다."

그 순간 알라신의 명령으로 미치광이 가르자르의 손이 공중에 매달려 꼼짝하지 못했다. 고르구드 아버지는 신성한 사람이어서 알라신이 그의 기도를 들어주었다. 그러자 미치광이 가르자르가 애원했다.

"나를 좀 도와주시오! 알라신의 유일함을 의심하지 않습니다. 당신이 내 팔을 고쳐 준다면 나는 신의 명령과 선지자의 뜻대로 우리 여동생을 밤스 배이래크와 결혼시키겠습니다."

미치광이 가르자르가 세 번 죄를 뉘우치고 반성하자 고르구드 아버지가 기도를 올렸다. 마침내 알라신의 명령으로 미치광이 가르자르의 마비가 풀리고 손이 다시 멀쩡해졌다. 미치광이 가르자르가 고르구드 아버지에게 물었다.

"아버지, 우리 여동생을 위해 내가 원하는 것을 다 줄 수 있소?"

고르구드 아버지가 답했다.

"그렇소이다. 무엇을 원하는지 말해 보세요!"

미치광이 가르자르가 말했다.

"그렇다면, 교미한 적 없는 수컷 천 마리를 주시오. 어린 수컷 낙타 천 마리도 주시오. 그 낙타들은 암컷 낙타와 교미한 적이 없어야 하오. 숫양 천 마리를 주시오. 그 숫양도 암컷 양과 교미한 적이 없어야 하오. 꼬리도 없고 귀도 없는 개 천 마리를 주시오. 그리고 벼룩 천 마리를 주시오! 내가 요구하는 것을 준다면 우리 여동생을 당신에게 내주겠소. 만일 이를 어길 시 이번에는 내가 당신을 죽이지 않았으나 다음에는 반드시 죽일 것이오."

고르구드 아버지가 바이배래 베이의 장막으로 살아서 돌아오자 바이배래 베이가 깜짝 놀라며 물었다.

"아버지, 당신은 남자요? 여자요?"

고르구드 아버지가 답했다.

"저는 분명 남자입니다."

바이배래 베이가 다시 물었다.

"어떻게 미치광이 가르자르에게 죽임을 당하지 않은 거요?"

고르구드 아버지가 또 답했다.

"알라신의 도움과 영웅들의 노력으로 바느치채크를 신부로 준다는 약속을 받았습니다."

소식을 들은 밤스 배이래크와 어머니, 누이들은 무척 기뻤다. 바이배래 베이가 물었다.

"미치광이 가르자르가 지참금을 얼마나 요구했소?"

고르구드 아버지가 답했다.

"미치광이 가르자르가 구하기 어려운 것을 요구했습니다."

바이배래 베이가 재차 물었다.

"무엇을 원했소?"

고르구드 아버지가 답했다

"암컷과 교미한 적 없는 수컷 말 천 마리와 수컷 낙타 천 마리, 수컷 양 천 마리를 달라고 했습니다. 귀도 꼬리도 없는 개 천 마리를 달라고 했습니다. 그리고 검은 벼룩 천 마리도 달라고 했습니다. 만일 요구한 바를 가져오지 않으면 나를 죽이겠다고 협박했습니다."

고르구드 아버지가 말을 마치자 바이배래 베이가 말했다.

"아버지, 양, 낙타, 말은 내가 구하겠소이다."

고르구드 아버지가 말했다.

"저도 찾아보겠습니다."

바이배래 베이가 고르구드 아버지에게 부탁했다.

"아버지, 그럼 개와 벼룩을 찾아주시오."

바이배래 베이는 말 천 마리를 고르러 마구간으로 갔다. 수말 천 마리를 고른 후 어린 수컷 낙타 천 마리를 골랐다. 양 떼 중에서 숫양 천 마리를 골랐다. 그 사이 고르구드 아버지는 귀도 꼬리도 없는 개와 벼룩을 구해 놓았다. 고르구드 아버지가 이들을 모아 미치광이 가르자르를 찾아가자 개를 본 미치광이 가르자르가 껄껄껄 크게 웃었다. 미치광이 가르자르는 고르구드 아버지가 가져온 말, 낙타, 양이 마음에 들었다.

"아버지, 그런데 내 벼룩은 어디에 있소?"

고르구드 아버지가 답했다

"아들아, 벼룩은 파리처럼 사람을 미치게 만든다오. 벼룩은 끔찍한 동물이라 모두 한곳에 모아 보관하고 있습니다. 우리 같이 가 봅시다. 살진 벼룩을 당신이 직접 고르는 게 좋을 듯 합니다. 마른 벼룩은 거기 그냥 두면 됩니다."

고르구드 아버지가 미치광이 가르자르를 벼룩이 있는 곳으로 안내했다. 고르구드 아버지는 미치광이 가르자르에게 옷을 벗고 우리로 들어가 보라고 했다. 가르자르가 옷을 벗고 우리로 들어가자 벼룩들이 가르자르의 몸에 달라붙어 기어 다니기 시작했다. 가르자르는 괴로웠다.

"아버지, 나를 좀 도와주시오. 알라신의 사랑으로 내가 이곳에서 나갈 수 있게 문을 열어 주시오."

고르구드 아버지가 대꾸했다.

"가르자르 아들아, 네가 요청한 것이다. 가져라! 왜 이렇게 정신을 못 차리는 게냐? 뚱뚱한 것들을 골라서 네가 가지고 마른 것들은 거기 두거라!"

미치광이 가르자르가 애원했다.

"아이고, 아버지. 뚱뚱한 것도 마른 것도 신이 다 가져라. 나를 밖으로 나가게 해 줘! 도와줘!"

고르구드 아버지가 문을 열자 미치광이 가르자르가 갈팡질팡하며 우리 밖으로 빠져나왔다. 벼룩이 가르자르의 온몸에 달라붙어서 얼굴이 보이지 않을 지경이었다. 미치광이 가르자르가 고르구드 아버지 앞에 무릎 꿇고 빌었다.

"제발, 날 살려 주시오."

고르구드 아버지가 말했다.

"아들아, 물에 들어가거라."

미치광이 가르자르가 펄쩍펄쩍 뛰어서 물에 들어가자 벼룩들이 몸에서 떨어져 물에 흘러갔다. 가르자르는 옷을 다시 입고 집으로 돌아와 누이동생의 결혼식 준비를 시작했다.

당시 오구즈인들의 결혼식에서는 활을 쏴서 화살이 떨어진 곳에 신방을 만드는 풍습이 있었다. 배이래크도 활을 쐈고 화살이 박힌 땅에 장막을 쳤다. 신부가 배이래크에게 빨간색 신랑용 카프탄을 보내왔고 배이래크는 기뻐하며 그 옷을 입었다. 그런데 이를 두고 배이래크의 영웅들이 질색했다. 배이래크가 물었다.

"표정이 왜 그런가?"

그들이 답했다.

"당신이 빨간 카프탄을 입으시는데 우리는 흰색 카프탄을 입게 됩니다."

밤스 배이래크가 물었다.

"그것 때문에 이렇게 기분이 상했는가? 오늘은 내가 입고 내일부터는 자네들이 차례대로 입으면 되지 않겠나. 사십 일 동안 차례대로 입으면 어떤가. 그 이후에는 대르비쉬에게 주면 어때!"

밤스 배이래크와 그의 영웅 사십 명들은 배이래크의 결혼을 축하하며 함께 둘러앉아 먹고 마셨다. 이교도인들의 첩자가 그 모습을 염탐하고 바이부르드[17]의 베이에게 알렸다. 첩자가 말했다.

"지금 이렇게 앉아 있으실 때가 아닙니다. 바이비잔

---

17) 바이부르드성Bayburd hasarı 은 아나톨리아 북서쪽 초루 강 하류 계곡의 해발 155m 고도에 위치한다.

베이가 당신에게 시집보내겠다고 한 딸을 배이래크와 결혼시키려 합니다. 오늘 밤에 신부가 신랑 집으로 갈 겁니다."

바이부르드 성의 베이가 이교도인 칠백 명을 거느리고 말에 올랐다. 한편 밤스 배이래크는 기분 좋게 취해서 신방에 앉아 있었다. 밤이 깊어 이교도인들의 습격이 시작되자 밤스 배이래크의 경호 대장이 검을 빼 들고 적을 막아섰다.

"배이래크를 위해 내 목숨을 기꺼이 바치리라."

경호 대장은 전사했고 밤스 배이래크와 서른아홉 명의 영웅은 포로로 잡혔다. 동이 트고 해가 뜨자 배이래크의 어머니와 아버지가 부서진 신방을 발견했다. 부모님은 통곡하고 울부짖다가 정신을 잃었다. 사냥개가 주변을 어슬렁거리고 큰 까마귀가 하늘을 배회했다. 장막은 무너졌고 경호 대장은 죽었다.

밤스 배이래크의 아버지는 머리에 쓰고 있던 찰마[18]

---

18) 찰마çalma는 북아프리카, 아랍 반도, 인도, 아시아의 일부 나라에서 널리 쓰인 남자 모자이다.

를 땅에 내던지고 옷깃을 잡아당겨 찢으면서 아들 이름을 불렀다. 미리가 하얗게 센 어머니는 울부짖으며 눈물을 흘렸다. 어머니는 고운 얼굴을 손톱으로 할퀴고 붉은 뺨을 긁어 대며 검은 머리칼을 옥수숫대 수염처럼 움켜잡았다. 바이배래 베이의 황금 기둥 집에 통곡 소리가 시작되고 여자들의 웃음소리는 더 이상 들리지 않았다. 여자들은 더는 흰 손바닥에 금 장식 헤나를 바르지 않았고 밤스 배이래크의 여섯 누이들은 흰옷을 벗고 검은 옷으로 갈아입고 울었다.

"어머니, 어머니, 이를 어째. 우리 불쌍한 형제야. 꿈을 이루지 못한 형제야."

이 소식을 들은 밤스 배이래크의 약혼자, 바느치채크도 흰 카프탄을 벗고 검은 옷으로 갈아입었다. 바느치채크는 가을 사과 같은 빨간 뺨을 할퀴고 긁으며 슬퍼했다.

"아, 내 흰 베일의 주인!

아, 내 삶의 희망!

아, 내 왕 영웅, 내 왕자 영웅.

얼굴도 많이 보지 못한 내 용감한 칸이여!

나를 혼자 두고 어디로 가셨나요, 내 용감한 칸이여!

내 눈을 뜨자마자 처음 본 영웅, 내 마음을 주고 사랑한 영웅,

한 베개를 벨 예정이던 영웅! 당신을 위해 죽을 준비가 되어 있던 영웅!

아, 가잔 베이의 친구!

오구즈의 사랑스러운 배이래크!"

이 소식을 들은 그얀 샐지크의 아들 델리 돈다즈도 흰옷을 벗고 검은 옷으로 갈아입었다. 배이래크의 모든 친구들이 흰옷을 벗고 검은 옷을 입었다. 오구즈 베이들도 배이래크를 위해 애도했다. 배이래크에 대한 모든 희망이 사라지고 말았다.

사건 발생 후 십육 년이 지났다. 밤스 배이래크가 살아 있는지 죽었는지 아무런 소식도 없었다. 어느 날 바느치채크의 오빠인 미치광이 가르자르가 바인드르 칸을 찾아와서 무릎 꿇고 말했다.

"지혜로우신 칸이여 만수무강하시옵소서! 밤스 배이래크가 살아 있다면 무슨 소식이 왔을 겁니다. 배이래크가 살아 있다는 소식을 전하는 영웅이 있다면 금으로 수놓은 옷과 금은보화를 내놓겠습니다. 배이래크의 죽음에 관한 소식을 가져오는 이에게 우리 여동생을 시집보내겠습니다."

미치광이 가르자르가 이렇게 말하자 얄란즈의 아들, 얄란즈그가 말했다.

"칸이시여. 제가 가서 밤스 배이래크가 죽었는지 살았는지 알아 오겠습니다!"

밤스 배이래크가 얄란즈그에게 카프탄을 선물한 적이 있었다. 얄란즈그는 그 옷을 입지 않고 간직하고 있었다. 얄란즈그는 이 옷에 피를 묻히고 바인드르 칸 앞에 던졌다. 바인드르 칸이 물었다.

"이게 무엇이냐?"

얄란즈그가 답했다.

"밤스 배이래크가 데르벤트에서 죽었다고 합니다. 이것이 그 증거입니다. 칸이시여!"

베이들이 그 카프탄을 보고 펑펑 울며 통곡했다. 바인드르 칸이 다시 물었다.
"왜들 우시는 게요? 우리는 이 카프탄을 모르지 않소. 이 카프탄에 대해서는 밤스 배이래크의 약혼자가 누구보다 잘 알 것이오. 그러니 바느치채크에게 이 옷을 한번 보여 주는 게 좋겠소. 바느치채크가 이 옷을 주었을 것이오."
바느치채크에게 카프탄을 가져가자 바느치채크는 옷을 바로 알아봤다. 바느치채크는 밤스의 옷이 맞다며 울기 시작했다. 바느치채크는 옷을 잡아당겨 찢고 날카로운 손톱으로 자기 얼굴을 할퀴었다. 바느치채크가 가을 사과같이 붉은 자기 뺨을 긁으며 울었다.
"아, 눈을 뜨자마자부터 마음을 주고 사랑한 이여!
아, 내 흰 베일의 주인!
아, 내 삶의 희망, 배이래크 칸이여!"

배이래크의 부모도 이 소식이 전해지자 온 집안이 슬픔에 잠겼다. 사람들은 흰옷을 벗고 검은 옷으로 갈아입었으며 오구즈 베이들은 배이래크에 대한 모든 희망을 접었다. 얄란즈그는 약혼식을 올리고 결혼식 날까지 잡았다. 배이래크의 아버지는 상인들을 불러 모았다.

"이보시게들, 온 세상을 다 돌아다녀서라도 우리 아들을 찾아 주시오. 우리 아들 소식을 나에게 알려만 주시오! 우리 아들이 정말 죽었단 말인가?"

상인들은 만반의 채비를 하고 출발해서 밤낮없이 걸었다.

그러다 우연히 상인들이 바이부르드 성에 도착했는데 그날은 마침 이교도인들이 연회를 벌이는 날이었다. 온 이교도인들은 흥청망청 먹고 마시고 있었고 배이래크까지 불러서 고푸즈를 연주하라고 요구했다. 높은 곳의 장막에 있던 배이래크가 아래쪽을 내려다보다가 상인들을 발견하고는,

"세상의 곳곳에서 온 대상이군요!
우리 베이 아버지와 어머니의 선물인 대상이군요!
팔이 긴 왕의 말을 탄 대상이군요!
대상, 내 말을 듣고 내 말에 귀 기울여 주시오.

대상, 오구즈 지역에 울라스의 아들, 살루르 가잔은 살아있나요?

대상, 그얀 셀지크의 아들, 델리 돈다즈는 살아 있나요?

대상, 수염이 센 우리 아버지와 머리가 센 우리 어머니는 살아 계시나요?

대상, 눈 뜨자마자 사랑하고 내 마음을 준 바이비잔 베이의 딸은 시집을 갔나요? 아직 안 갔나요?

나에게 다 말해 주오!

알려만 준다면 무엇이든 하겠소이다."

상인이 답했다.

"우리 밤스여, 진정 살아 있습니까?

그얀 셀지크의 아들, 델리 돈다즈를 물으셨다면 살아 있습니다!

밤스여, 가라귀내의 아들, 부다그를 물으셨다면 살아 있습니다!

밤스여, 베이들이 당신을 위해 흰옷을 벗고 검은 옷으로 갈아입었습니다.

밤스여, 수염이 센 아버지와 머리가 센 어머니를 물으셨다면 살아 계십니다.

밤스여, 그들이 당신을 위해 흰옷을 벗고 검은 옷으로 갈아입었습니다.

밤스여, 당신의 일곱 누이가 일곱 갈래의 갈림길에서 울고 있는 모습을 보았습니다.

밤스여, 가을 사과같이 붉은 얼굴을 할퀴는 누이들을 보았습니다.

밤스여, 돌아오지 않는 동생을 부르며 통곡하고 서럽게 신음하는 누이들을 보았습니다.

눈 뜨자마자 마음을 주고 사랑한 바이비잔 베이의 딸, 바느치채크는 약혼식을 올렸고 결혼식 날을 잡았습니다.

배이래크 칸, 얄란즈의 아들, 얄란즈그와 약혼하는 모습을 보았습니다!

바이부르드 성을 뛰어넘어 어서 빨리 신부의 장막으로 가세요!

만약 때를 놓친다면 당신의 애인, 바느치채크를 영원히 잃을 겁니다. 이 점을 명심하세요!"

밤스 배이래크는 울면서 자신의 동료인 서른아홉 영웅을 찾아갔다. 밤스 배이래크는 동료들 앞에서 자신의 찰마를 바닥으로 내동댕이쳤다.

"이보게들, 서른아홉 명의 내 동료들아! 지금 어떤 일이 벌어졌는지 아는가? 얄란즈의 아들, 얄란즈그가 내가 죽었다는 헛된 소문을 퍼뜨렸다고 하네. 그리하여 황금으로 만든 우리 아버지의 높은 장막이 슬픔에 잠겼다고 하네. 거위같이 아름다운 우리 집안 여자들은 흰옷을 벗고 검은 옷으로 갈아입었다고 하네. 내가 눈뜨자마자 마음을 주고 사랑한 바느치채크는 얄란즈의 아들, 얄란즈그와 결혼할 거라고 하네."

밤스의 말을 들은 영웅들도 입고 있던 찰마를 바닥에 내던지고 괴로워하며 울었다.

한편 이교도인 베이에게 딸이 하나 있었는데 매일 밤 스 배이래그를 보러 오곤 했다. 그날도 밤스 배이래크를 찾아왔던 베이의 딸은 슬픔에 빠진 배이래크의 모습을 보고 깜짝 놀랐다.

"영웅, 칸이여. 왜 이리 슬퍼하나요? 전에는 제가 들를 때마다 즐거워 보였는데, 전에는 웃고 춤도 췄는데, 대체 무슨 일인가요?"

배이래크가 답했다.

"내가 어찌 슬프지 않을 수 있겠소. 당신 아버지의 포로가 된 지 벌써 십육 년째입니다. 고향의 부모님과 친척들, 고향 사람들이 그립습니다. 내게는 검은 눈동자를 가진 애인이 있었는데 얄란즈의 아들, 얄라즈그라는 자가 내가 죽었다고 사람들에게 말하고는 내 애인과 곧 결혼할 거라고 합니다."

배이래크를 좋아하고 있던 베이의 딸이 제안했다.

"내가 성벽으로 줄을 내려 당신을 돕는다면 부모님을 만나고 나서 이곳으로 돌아와 나와 결혼하겠습니까?"

배이래크가 맹세했다.

"오구즈 땅에 무사히 돌아간다면 반드시 이곳에 돌

아와서 당신과 결혼하겠습니다. 그러지 않는다면 내 검으로 내가 베여 죽으리다! 내 화살에 내가 맞아 땅처럼 갈라지고 흙처럼 날아가리다!"

베이의 딸이 줄을 가져와서 울타리 바깥으로 줄을 매달았다. 배이래크는 아래를 내려다보고 순식간에 줄을 타고 땅에 착지했다. 밤스 배이래크는 알라신께 감사하며 이교도인의 마구간으로 가서 말 한 마리를 찾아 타고 오구즈 땅으로 출발해야겠다고 생각했다. 배이래크가 마구간에 들어서자 풀을 먹던 밤스 배이래크의 회색 말이 주인을 알아보고 울부짖기 시작했다. 배이래크는 자신의 말을 칭찬하며 말했다.

"너의 이마는 벌판같이 넓단다!
너의 눈은 두 밤의 전등이란다!
너의 갈기는 비단같이 부드럽단다!
너의 귀는 쌍둥이 형제 같단다!
너의 등에서 영웅은 꿈을 이루리라!
너는 말이 아니고 내 형제란다.
너는 내 친구이며 친구 그 이상이란다."

말이 숙이고 있던 머리를 들고 한쪽 귀를 올리더니 배이래크 앞으로 다가왔다. 배이래크는 말을 꼭 껴안고 말의 두 눈에 입을 맞춘 후 뛰어서 말에 올라 성벽으로 갔다.

"아, 불순한 종교를 따르는 이교도인이여!

나를 늘 욕되게 했는데 깨닫지 못했다.

검은 돼지고기로 만든 음식을 주어서 참을 수 없었다!

알라신께서 내게 길을 열어 주셔서 내가 드디어 가게 되었다. 이교도인이여!

내 동료들, 서른아홉 명 중 단 한 명이라도 해친다면 그 대신 이교도인 열 명을 죽여 보복할 것이니.

열 명을 해친다면 그 대신에 이교도인 백 명을 죽여 보복할 것이니. 이교도인이여!

그러니 서른아홉 명 영웅의 안전을 부탁한다. 이교도인이여!"

말을 마친 배이래크는 고향 쪽으로 달리기 시작했다. 이교도인 사십 명이 말을 타고 그 뒤를 쫓아갔지만 밤스 배이래크를 붙잡지 못한 채 돌아왔다. 배이래크는 말을 멈추지 않고 계속해서 달렸다.

배이래크가 오구즈 땅에 도착했을 때 마침 오잔 한 명이 동네를 지나가고 있었다.
"오잔, 당신은 어디로 가는 길인가요?"
오잔이 답했다.
"영웅이여, 결혼식에 가는 중입니다."
배이래크가 다시 물었다.
"누구의 결혼식입니까?"
오잔이 답했다.
"얄란즈의 아들, 얄란즈그의 결혼식이랍니다."
배이래크가 다시 또 물었다.
"누구의 딸과 결혼하나요?"
오잔이 답했다
"칸 배이래크의 약혼자와 결혼한다고 합니다."
배이래크가 제안했다.
"오잔, 당신이 고푸즈를 내게 주면 대신에 내 말을 당신에게 드리지요. 그런데 내 말을 팔지는 말고 잘 데리고 있어 주세요. 부탁드립니다."

오잔이 답했다.
"내가 딸을 데려가서 잘 키우겠습니다."

오잔이 고푸즈를 내밀자 배이래크는 고푸즈를 받아서 아버지 집 근처로 찾아갔다. 그런데 가는 길 중간에 양치기 몇이 갈림길에 주저앉아 돌을 모으고 있는 것이 아닌가. 울먹이며 돌을 모으는 모습을 이상하게 여긴 배이래크가 말을 걸었다.
"양치기들여, 길에서 돌을 주우면 길 밖으로 던지는 법이거늘 당신들은 어찌하여 돌들을 길에 모으는 것입니까?"
양치기들이 한숨을 쉬며 답했다.
"당신은 우리 상황을 전혀 모르시나 봅니다!"
배이래크가 다시 물었다.
"무슨 문제라도 있는 거요?"
양치기들이 답답하다는 듯이 말했다
"우리 주인에게 밤스 배이래크라는 아들이 한 분 있는데 그분이 죽었는지 살았는지 아무도 모릅니다요. 그런데 얄란즈의 아들, 얄란즈그라는 자가 그분이 죽었다는 소식을 알려와서 그분의 약혼자와 결혼하려 합니다. 이따가 우리 베이의 약혼자가 여기를 지나갈 겁니다. 신부가 이곳을 지날 때 이 돌을 던져서 결혼식을 망치려고 돌을 모으고 있습니다."
밤스 배이래크가 양치기들에게 말했다.
"참 장하군요!"

배이래크는 그곳을 지나 아버지 집에 도착했다. 집 앞엔 여전히 커다란 나무가 자라고 있었고 나무 밑에는 샘도 있었다. 마침 물 길러 나온 배이래크의 누이가 샘에 주저앉아 동생아, 네 결혼식을 망쳐 버렸어, 라며 울기 시작했다. 이 모습을 본 배이래크는 마음이 아팠다. 배이래크가 펑펑 눈물을 쏟으며 물었다.

"여인이여, 동생을 부르면서 왜 이렇게 속상해하는 겁니까?
내 심장이 타들어 가고 속이 쓰립니다.
혹시 당신의 동생이 사라지기라도 했습니까? 아니면 죽었습니까?

당신의 마음에 펄펄 끓는 기름이 쏟아지기라도 했습니까?

당신의 까만 속이 찢기기라도 했습니까?

동생을 부르며 왜 이렇게 슬피 우는 겁니까?

내 심장이 까맣게 타 버렸고 속이 너무 아픕니다.

저기 높은 산에 관해 묻는다면 그 산은 누구의 것인가요?

저기 시원한 물에 관해 묻는다면 이 샘은 누구의 것인가요?

마구간의 말에 관해 묻는다면 누가 타야 할까요?

낙타 떼에 관해 묻는다면 누구의 짐을 실어야 할까요?

여름 방목지의 흰 양에 관해 묻는다면 누구의 식량일까요?

검고 파란 천막에 관해 묻는다면 누구의 것일까요?

당신이 직접 나에게 말해 보세요. 여인이여,

당신을 위해서라면 무엇이든 하겠습니다.”

누이가 답했다.

"오잔, 제발 연주 따위 하지 마세요. 말도 하지 마세요. 오잔!

검은 옷을 입은 여자에게 이런 게 다 무슨 소용이란 말입니까?

저기 잠자는 높은 산에 관해 물어본다면 우리 동생, 배이래크의 여름 방목지입니다.

배이래크가 가 버린 다음에는 아무 의미도 없습니다.

시원한 물에 관해 물어본다면 우리 동생, 배이래크가 마신 물입니다.

우리 동생, 배이래크가 가 버린 날부터 이 샘물을 마시지 않습니다.

마구간의 말에 관해 물어본다면 우리 동생, 배이래크가 탔던 말입니다.

우리 동생, 배이래크가 가 버린 날부터 그 말들을 타지 않습니다.

수많은 낙타에 관해 묻는다면 우리 동생, 배이래크가 짐 싣던 낙타들입니다.

우리 동생이 사라진 날부터는 그 낙타에게 짐을 싣지 않습니다.

여름 방목지에 있는 흰 양에 관해 묻는다면 우리 동생, 배이래크의 식량입니다.
우리 동생이 사라진 후부터는 연회를 열지 않습니다.
검고 파란 천막에 관해 묻는다면 우리 동생, 배이래크의 것입니다.
우리 동생, 배이래크가 없으니 이제 그 천막에 들어가지 않습니다."

누이가 계속 말을 이어갔다.
"오잔, 저기 높은 산을 넘어올 때 혹시 배이래크라는 영웅을 만난 적 없나요?
세차게 흐르는 물을 건너올 때 배이래크라는 영웅을 본 적 없나요?
오잔, 만약 밤스 배이래크를 봤다면 내게 말해 주세요!
그렇게만 해 준다면 당신을 위해서 무엇이든 하겠습니다."

여인이 이어서 말했다.

"저기 내 높은 산이 무너졌습니다.
오잔, 당신은 모릅니다.
그늘이 넓은 키 큰 내 나무는 싹뚝 잘렸습니다.
오잔, 당신은 모릅니다.
이 세상 어딘가로 우리 남동생이 끌려갔는데
오잔, 당신은 모릅니다.
오잔, 연주하지 마세요! 한마디도 하지 마세요. 오잔!
검은 옷을 입은 여자에게 연주가 무슨 소용이겠습니까?
저기로 가면 결혼식이 열려요. 거기 가서 노래 부르고 연주하세요!"

배이래크는 누이 옆을 지나 다른 누이들이 있는 곳으로 갔다. 다른 누이들도 검은 옷을 입고 있었다. 배이래크가 누이들을 불러서 말했다.
"이른 새벽에 깨서 일어난 여인들이여!
흰 방에서 검은 방으로 들어간 여인들이여!
흰옷을 벗고 검은 옷을 입은 여인들이여!
구릿빛 그릇에 요구르트가 들었나요?

검은 솥뚜껑 밑에 빵이 있나요?

접시에 빵이 있나요?

이렇게 돌아다닌 지 삼 일이 되었습니다. 내게 먹을 것을 좀 주세요.

삼일 안에 알라신이 당신들을 축복해 주실 겁니다."

누나들이 음식을 가져오자 배이래크가 배부르게 먹고 말했다.

"당신들의 형제에게 축복이 내리기를 기원합니다. 결혼식에 입고 갈 헌 옷 한 벌을 내게 주시면 감사하겠습니다."

여인들이 배이래크의 카프탄을 가져와서 주었다. 배이래크가 받아서 입자 몸에 딱 맞았다. 큰누나는 카프탄을 입은 이가 배이래크와 닮았다고 생각했다. 큰누나의 길고 가느다란 눈에 피눈물이 가득 차올랐다. 큰누나가 말했다.

"당신을 우리 동생, 배이래크라고 부르고 싶군요!

당신의 빠른 걸음, 사자 같은 모습, 용감한 눈빛이 우리 동생을 닮았어요."

여인이 계속 말했다.

"노래 부르지 마세요. 연주도 하지 마세요. 오잔! 배이래크가 사라진 이후부터 우리 집엔 오잔도 오지 않았고 우리에게 옷을 달라고도 하지 않았고 우리 천막을 요청하지도 않았고 구부러진 뿔을 가진 숫양을 원하지도 않았답니다."

배이래크는 생각했다.

'누이들이 이 옷을 입은 나를 알아봤다. 그렇다면 오구즈 베이들도 알아볼 것 같은데, 오구즈 중 친구가 누구이고 적이 누군지 가리려면 우선은 나를 알아보지 못할 차림으로 바꿔입는 게 좋겠다.'

배이래크는 카프탄을 칼로 잘라서 찢어서 여인들에게 던졌다.

"카프탄 하나 내주고 참 말이 많으시네."

그리고는 헌 자루를 찾아내 그 자루에 구멍을 뚫어서 입었다.

배이래크가 바보 행세를 하며 결혼식에 도착했을 때 마침 신랑이 활을 쏘려 하고 있었다. 가라귀내의 아들 부다그, 가잔 베이의 아들 우루즈, 예으내크, 개플래트 노인의 아들 쉬르 샘딛딘은 신부의 오빠인 미치광이 가르자르와 같이 활을 쏘고 있었다.

부다그, 우루즈가 활을 쏘자 배이래크가 '잘한다. 당신의 손을 위하여'라고 외쳤다. 예으내크와 쉬르 샘샌딘이 활을 쏘자, 또 '잘한다. 당신의 손을 위하여'라고 외쳤다. 그런데 신랑이 활을 쏘자 '손과 손가락이 마비되기를, 돼지 새끼야'라고 말했다. 얄란즈의 아들 얄란즈그가 화가 나서 소리를 질렀다.

"이놈, 너는 참으로 멍청한 놈이구나. 네가 감히 내게 그런 말을 할 자격이 있느냐? 어서 당장 내 활을 쏴라. 이 멍청한 놈아. 그렇지 않으면 지금 당장 네 목을 베겠다."

이 말이 끝나기 무섭게 배이래크가 활을 잡고 당겼다. 활은 순식간에 두 조각으로 찢어졌다. 배이래크가 부서진 활을 주워서 얄란즈의 아들 얄란즈그 앞으로 던지며 말했다.

"흥, 건조한 땅에나 던지기 좋겠구나."

부서진 활을 보고 화가 난 얄란즈의 아들 얄란즈그가 소리쳤다.

"이놈들아. 배이래크의 화살이 있을 것이다. 당장 그것을 찾아와라."

하인들이 허둥지둥 배이래크의 활을 찾아오자 오랜만에 자신의 활을 본 배이래크는 서른아홉 명의 동료들을 떠올렸다.

"사냥에서 함께 뛰던 내 오랜 친구들
사냥에서 함께 매를 쫓던 내 오랜 친구들
튼튼한 내 화살이다.
황소 팔아 산 내 화살이다.
위험한 곳에 내 친구들을 두고 왔구나.
서른아홉 명 내 친구들을."

배이래크가 이어서 말했다.

"베이들이여, 당신들을 위해 이 활을 당겨 쏘는 것이다."

당시 결혼식에서는 신부의 반지를 겨냥해서 활을 쐈다. 그런데 배이래크는 신랑의 반지를 조준했다. 반지가 활에 맞아 부서지자 오구즈 베이들이 이를 보고 박수치며 웃었다. 가잔 베이도 이를 구경하고 있었다. 가잔이 사람을 보내 배이래크를 부르자 오잔으로 변장한 베이래그가 가진에게 와서 머리 숙여 인사했다.

"이른 아침, 단단한 땅 위에 지은 높고 넓은 장막들의 주인이여
  공단을 이어 만든 파란 지붕 장막들의 주인이여
  수많은 명마의 주인이여
  부르면 바로 달려와 주는 이여
  식량이 넉넉한 땅의 주인이여
  영웅들의 등이여,
  불쌍한 자의 희망이며
  바인드르 칸의 사위이며
  이민 부족의 사자, 가라즈흐의 호랑이
  갈색 말의 주인, 우루즈 칸의 아버지 가잔 칸이여,
  내 말을 잘 듣고 내 말에 귀 기울여 주세요.
  새벽 일찍 일어나 흰 숲으로 들어갔습니다.
  포플러나무 아래를 지나
  기둥을 땅에 세우고 활을 쏠 표적을 정했습니다.
  신랑과 신부를 위해 아름다운 장막을 지었습니다.

오른쪽에 앉은 존경하는 베이들이여,
왼쪽에 앉은 용감한 베이들이여,
밖에 있는 자 구석에 앉은 낯익은 베이들이여,
당신들의 나라가 강해지기를 빕니다.
당신들에게 행운이 깃들기를 바랍니다."

가잔이 물었다.
"오잔, 이 괴짜야. 내게 바라는 게 무엇이냐? 아루즈의 장막을 원하느냐? 노예를 바라느냐? 금은보화를 달라는 게냐? 갖고 싶은 것을 말하라. 내가 다 주겠다."
배이래크가 답했다.
"배가 고픕니다. 잔칫상을 차려 놓은 곳으로 가게 도와주세요. 오늘 배불리 먹고 싶습니다."
가잔이 말했다.
"오잔, 이 괴짜야. 운이 좋구나. 베이들이여, 이 자가 원하는 곳으로 가도록 허락해 주시지요."

배이래크는 결혼식 잔치 음식을 배부르게 잘 먹은

후 접시와 냄비를 발로 차기 시작했다. 냄비가 뒤집히고 음식이 쏟아졌다. 배이래크는 바닥에 쏟아진 고부르마를 사방으로 던지고 자리를 피하는 사람들을 잡기까지 했다. 그러나 배이래크는 그런 와중에도 의로운 자는 괴롭히지 않았고 오직 불의한 자만 모욕했다. 사람들이 가잔에게 배이래크가 행패를 부린다고 알렸다.
"가잔 베이, 그 괴짜 오잔 놈이 상을 엎으며 난장판을 만들고 있습니다. 지금은 여자들이 있는 곳으로 가겠다고 떼를 쓰고 있습니다."
가잔이 말했다.
"그냥 여자들이 있는 곳으로 가게 놔둬라."
배이래크는 여자들이 있는 곳으로 가서 주르나[19]와 나가라[20]를 연주하는 사람을 쫓아냈다. 심지어 배이래크는 거기 있던 어떤 자들을 때리고 몇 사람의 머리통을 갈겼다. 그리고는 여자들이 앉아 있는 장막 앞으로 와서는 문 앞을 막으며 털썩 주저앉았다.

---

19) 주르나zurna는 아제르바이잔의 전통 목관악기이다.
20) 나가라nağara는 아제르바이잔의 전통 타악기이다.

이를 지켜본 키가 큰 부를라 카툰이 화를 냈다.

"이 멍청한 놈아, 네가 감히 주제도 모르고 여기가 어디라고 온 게야?"

배이래크가 답했다.

"가잔 베이가 허락하셨습니다. 아무도 나를 건드리지 못한다고 가잔 베이가 경고하셨습니다."

부를라 카툰이 말했다.

"가잔 베이가 허락했다면 알았다."

부를라 카툰이 다시 물었다.

"오잔, 이 괴짜야, 네가 원하는 게 무엇이냐?"

배이래크가 답했다.

"내가 고푸즈를 연주할 때 신부가 일어나 춤추기를 원합니다!"

결혼식에는 석녀라고 불리는 여자도 와 있었는데 다들 그녀에게 신부 대신 춤을 추라고 부추겼다. 주위에서 자꾸 권유하자 석녀가 일어나 '신부는 나'라고 말하고 춤을 추기 시작했다. 배이래크가 노래를 불렀다.

"나는 새끼 못 낳는 말을 타지 않을 거라고 맹세했

다오.

나는 새끼 못 낳는 말을 타고 선생에 나가지 않는다오.

나는 당신과는 아무 볼 일이 없소이다.

시집가는 여자가 일어나서 춤을 춘다면 나도 고푸즈를 연주하겠습니다."

석녀가 툴툴거렸다.

"이 괴짜가 마치 나를 아는 것처럼 말하네."

석녀는 자기 자리로 돌아가 앉았다. 그곳에는 임산부 파트마라고 불리는 여자도 와 있었는데 이번에는 다들 임산부 파트마에게 신부 대신 춤을 추라고 했다. 임산부 파트마는 혹여 석녀처럼 궂은 말을 들을까 걱정하면서도 신부 카프탄을 입고 앞으로 나왔다. 임산부 파트마가 '내가 신부다 오잔아, 연주하라.'라고 말하고 춤추기 시작하자 괴짜 오잔이 노래를 불렀다.

"나는 임신한 말을 타지 않겠다고 약속했다오.
탄다고 하더라도 전쟁에는 나가지 않는다오.

당신의 집 뒤에 골짜기가 있나요?

당신의 개 이름이 부라크 아닌가요?

당신의 이름은 애인이 마흔 명이나 되는 파트마가 아닌가요?

당신의 비밀을 더 많이 밝힐 수 있다오.

나는 당신의 춤 따위 필요 없다오.

가서 카프탄을 벗기나 하시오.

시집가는 여자가 일어나 춤추면 나도 신부를 위해 고푸즈를 연주하겠습니다."

오잔으로 변장한 배이래크의 노래를 들은 임산부 파트마가 불평을 늘어놓았다.

"아이고, 이 오잔이 우리에게 창피를 주는구려. 신부님이 일어나서 춤을 추세요. 그렇지 않으면 이 괴짜가 우리에게 망신을 더 줄 것 같아요. 아이고, 배이래크가 아니고 다른 남자랑 결혼하니까 이런 일이 생기지."

이 상황을 지켜본 부를라 카툰이 신부에게 요청했다.

"신부여, 일어나 춤을 추세요. 어쩔 수 없을 것 같네요."

바느치채크가 붉은 카프탄을 입었다. 그녀는 손끝

조차도 보이지 않게 온몸을 천으로 가리고 앞으로 나왔다.

"괴짜 오잔, 연주하라!"

괴짜 오잔이 연주하며 노래를 부르기 시작했다.
"내가 이곳을 떠나서는 정신을 놓았나 보오.
흰 눈이 많이도 내려서 무릎까지 쌓였지요.
칸의 딸 장막에선 노예도 사라졌지요.
추운 날 칸의 딸이 물동이를 들고 샘으로 갔지요.
열 손가락이 추위로 동상에 걸렸어요.
금과 은을 신부의 손톱에 발라주세요.
이렇게 시집가는 것은 신랑 집에 부끄러운 일이랍니다."

괴짜 오잔의 말을 들은 바느치채크는 화가 치밀어 올랐다.
"괴짜 오잔, 나는 부끄러운 일을 한 적이 없소. 무엇 때문에 내게 이리 망신을 주는 것이오?"
바느치채크가 팔목에 두른 은색 가림천 밖으로 손

을 내밀었다. 바느치채크의 손가락에서 반지가 반짝였다. 배이래크는 예전에 자신이 끼워 준 반지를 알아보고 노래를 불렀다.

"배이래크가 가고 밤마다 언덕에 올라갔나요?
당신은 주변을 둘러보았나요? 신부여.
당신은 까마귀같이 검은 머리카락을 잡아 뽑았나요, 신부여?
검은 눈으로 고통에 찬 눈물을 흘렸나요, 신부여?
사과같이 빨간 뺨을 할퀴었나요, 신부여?
당신이 결혼하려 하니 이제 내 금반지를 돌려주세요.
내게 돌려주세요. 신부여!"

바느치채크가 답했다.
"배이래크가 가고 밤마다 언덕에 많이도 올라갔다오.
까마귀같이 검은 머리카락을 많이도 뽑았다오.
사과같이 붉은 뺨을 많이도 할퀴었다오.
만나는 사람마다 배이래크의 소식을 물었다오.
나의 칸 영웅, 나의 베이 영웅이 돌아오지 않을 것 같아 참 많이도 울었다오.
당신은 내가 사랑한 밤스 배이래크가 아니니
금반지는 당신 것이 아니오.
금반지를 원한다면 단서를 말해 보시오.
단서는 많아요."

배이래그가 노래 불렀다.
"이른 아침에 일어나 회색 종마를 탔잖아요.
천막 근처에서 사슴 한 마리를 쐈잖아요.
당신이 나를 가까이 불렀잖아요.
우리 함께 씨름했을 때 내가 당신을 이겼잖아요.
금반지에 세 번 키스하고 당신의 손가락에 끼워 주었잖아요?
당신이 사랑한 밤스 배이래크가 내가 정말 아니란 말입니까?"

이 말을 들은 바느치채크는 그제야 배이래크를 알아챘다. 배이래크는 입고 있던 겉옷을 벗었다. 여자들이 배이래크에게 새 카프탄을 가져다주었고 바느치채크는 이 기쁜 소식을 전하러 말을 달려 배이래크의 아버지를 찾아갔다.

바느치채크가 말했다.
"당신의 산이 무너졌으나 마침내 산이 솟아올랐습니다!
넘실거리던 물이 흐르지 않았는데 마침내 넘쳐흐릅니다!
큰 나무가 시들었는데 마침내 싹이 났습니다.
아름다운 말이 늙었으나 마침내 새끼를 낳았습니다!
낙타가 늙었으나 마침내 새끼를 낳았습니다.
양이 늙었으나 마침내 새끼를 낳았습니다.
십육 년의 이별 끝에 마침내 아들이 돌아왔습니다!
아버님, 어머님, 내가 가져온 이 좋은 소식에 어떤 선물을 주실 건가요?"

배이래크의 어머니와 아버지가 답했다.
"네가 죽으라면 죽을 수도 있단다. 우리 며늘아기야.
너를 위해 무엇이든 할 수 있단다. 우리 며늘아기야.

이것이 거짓이라면 꼭 이루어지게 해 주소서.
우리 아들이 무사히 돌아오기만 하면 저기 서 산을 네 여름 방목지로 주겠다.
우리의 시원한 샘을 너에게 주겠다.
내 노예들을 너에게 주겠다.
왕에게 어울리는 내 말을 너에게 주겠다.
수많은 낙타 떼를 너에게 주겠다.
여름 방목지에 있는 내 양을 연회를 위해 쓰거라!
내 금은보화를 연회를 위해 쓰거라!
금 기둥으로 지은 내 높은 장막은 이제 너의 그늘이 될 것이다.
너를 위해서라면 무엇이든 하겠다. 우리 며늘아기야!"

이때 베이들이 배이래크를 데리고 왔다. 가잔이 말했다.
"바이배래 베이여, 기쁜 소식입니다. 아들이 돌아왔습니다!"
바이배래 베이가 답했다.
"그 사람이 스스로 새끼손가락을 베고 피를 흘리면,

그 사람의 피가 묻은 수건을 내 눈에 대겠다. 내 눈이 다시 떠진다면 그가 내 아들 배이래크라는 것을 인정하겠다."

바이배래는 아들이 사라진 후 울고 또 울다가 눈이 멀어 버린 상태였다. 그런데 바이배래가 수건으로 눈을 닦자 알라신의 힘으로 눈이 떠지고 앞을 다시 볼 수 있게 되었다. 배이래크의 부모는 기뻐하며 아들의 팔에 매달렸다.

"아들아! 금 기둥으로 지은 장막의 기둥인 우리 아들아!

거위 같은 우리 딸들과 며느리들의 꽃인 아들아!

내 눈의 빛인 아들아!

내 등의 힘인 아들아!

우리 오구즈에게 사랑받은 내 소중한 아들아!"

라고 울부짖으며 알라신께 감사했다.

얄란즈의 아들 얄란즈그는 배이래크가 돌아왔다는 소식을 듣고 덜컥 겁이 났다. 얄란즈그가 허둥지둥 갈대밭으로 도망가자 배이래크가 얄란즈그를 쫓아갔다.

배이래크가 말했다.

"갈대밭에 불을 놓아라."

얄란즈의 아들 얄란즈그는 활활 불타는 갈대밭에서 빠져나와 배이래크 앞에 무릎 꿇고 배이래크의 검 밑을 기어갔다. 그 모습을 지켜본 배이래크는 얄란즈그의 죄를 용서했다. 가잔 베이가 제안했다.

"이리 오게. 이제 결혼식을 올리세!"

배이래크가 답했다.

"내 친구들을 구하고 바이부르드 성을 함락한 후에 결혼식을 올리겠네."

가잔 베이가 명했다.

"나를 따르라!"

오구즈 베이들이 말을 달려 바이부르드 성벽에 도착하자 소식을 들은 이교도인들이 미리 기다리고 있었다. 오구즈 베이들은 깨끗한 물로 씻고 이마를 땅에 대며 나마즈 예배를 드렸다. 그들의 행동은 무하마드를 떠올리게 했다.

벌판에 나가라 소리가 크게 울리며 최후의 전쟁이

시작되자 잘린 머리들이 바닥에 나뒹굴었다. 가잔은 쇠클뤼 맬리크를 공격해서 말에서 떨어뜨렸다. 델리 돈다즈는 가라 태퀴르를 검으로 찔러서 말에서 떨어뜨렸다. 가라부다그는 가라 아르살란 멜리크를 공격해서 말에서 떨어뜨렸다. 골짜기에서 수많은 이교도인들이 죽임을 당했고 이교도인의 일곱 베이가 전사했다. 배이래크, 예이내크, 가잔 베이, 가라부다그, 델리 돈다즈, 가잔의 아들 우루즈가 성벽을 공격해서 배이래크의 서른아홉 영웅을 구출했다. 그들은 서른아홉 영웅의 건강한 모습을 보고 기뻐서 알라신께 감사했다.

그들은 이교도인의 교회를 부수고 그 자리에 모스크를 세웠다. 이교도 사제를 죽이고 알라신의 이름으로 설교하고 기도하라고 요구했다. 바인드르 칸의 선물로 가장 좋은 사냥용 새, 가장 아름다운 천, 가장 아름다운 소녀, 그리고 금으로 수놓은 추카[21]를 마련했다.

바이배래 베이의 아들 배이래크는 바이비잔 베이의 딸과 결혼했다. 드디어 결혼식이 열렸다. 바인드르 칸

---

21) 추카çuxa는 겉옷으로 아제르바이잔의 전통의상이다.

은 자신의 부족 여자들을 서른아홉 영웅들에게 시집보내기로 했고 가잔 베이도 자신의 부족 여자들을 서른아홉 영웅들에게 시집보내기로 했다. 배이래크도 자신의 일곱 누이를 서른아홉 영웅에게 시집보내기로 결정했다. 드디어 서른아홉 영웅들도 아름다운 신부를 한 명씩 얻어서 결혼하게 되었다. 서른아홉 개의 장막이 세워지자 서른아홉 명 여자가 모두 활을 쐈다. 서른아홉 영웅들은 화살이 떨어진 곳으로 갔고 사십 박 사십 일 동안 결혼식 잔치가 열렸다.

배이래크는 영웅들과 함께 꿈을 이루었다. 고르구드 아버지가 고푸즈를 연주하며 영웅들에게 이야기를 들려주었다. 그리고 배이래크에게 덕담도 해 주었다.

"높은 산들은 무너지지 않을 겁니다!
큰 그늘을 내주는 나무는 잘리지 않을 겁니다!
수염이 센 아버지의 자리는 천국입니다!
머리카락이 센 어머니의 자리는 천국입니다!
아들과 형제들은 헤어지지 않을 겁니다!
임종을 앞두었을 때도 당신의 믿음이 변치 않을 겁

니다!
 아멘! 아멘! 발하는 얼굴에 웃음이 가득할 겁니다.
 신께서 거룩한 이름 무하마드를 위해 당신의 죄를 사해 주실 겁니다!"

5
가잔 베이의 아들 우루즈가 포로로 잡힌 이야기

어느 날 울라쉬의 아들 가잔 베이가 자리에서 일어나더니 장막을 지으라고 명령했다. 하인들이 비단 카펫을 천 곳에 깔고 천장을 하늘 높이 올려서 우뚝하게 천막을 세우자 주변 지역에 있던 오구즈 전사 아흔 무리가 연회에 참석했다.
가잔 베이의 하인들은 연회를 위해 주둥이가 커다란 술 항아리들을 중앙에 놓고 아홉 곳에 잔칫상을 차리고는 황금 술잔과 술병도 내왔다. 이교도 소녀 아홉 명이 연회의 술 시중을 들었다. 목이 짧은 이교도 소녀들은 손목부터 손가락까지 헤나 문양으로 치장하고 검은 머리카락을 뒤로 늘어뜨린 채 오구즈 베이들의 황금 술잔에 붉은 와인을 따랐다. 울라쉬의 아들 살루르 가잔이 모든 술 항아리의 와인을 일일이 마셔 보고 다른 베이들에게 황금 실로 짠 천으로 만든 장막과 실한 낙타를 선물로 나눠주고 있었다.

그때 가잔의 아들 우루즈는 아버지 앞에 반듯한 화살처럼 서 있었고 오른쪽에는 가라귀내가, 왼쪽에는 아루즈 외삼촌이 앉아 있었다. 가잔이 오른쪽을 보고 호탕하게 소리내서 웃고 왼쪽을 보고는 너무 기뻐했다. 그리고 앞에 있는 아들 우루즈를 보더니 손바닥을 마주치며 울었다. 아버지의 모습을 본 우루즈는 속이 상했다. 우루즈는 아버지 앞에 무릎을 꿇고 말했다.

"제 말을 듣고 제 말에 귀 기울여 주세요. 아버지.
오른쪽을 보고 크게 웃으시고 왼쪽을 보고 너무 기뻐하셨는데
앞에 있는 저를 보고는 우셨습니다.
왜 그러셨는지 이유를 말해 주세요.
아버지, 아버지를 위해서라면 저는 무엇이든 하겠습니다.

만약 이유를 알려 주지 않으신다면
섬은 눈동자를 가신 내 엉웅들로 부내를 만들어서
아브카즈[22] 지역으로 떠나겠습니다.
황금 십자가에 손을 대고 맹세하겠습니다.
사제복을 입은 신부의 손에 입 맞추고
검은 눈동자를 가진 이교도인의 딸과 결혼하고
다시는 아버지 앞에 나타나지 않겠습니다.
왜 우시나요? 제게 말해 주세요!
아버지, 아버지를 위해서라면 무엇이든 하겠습니다."

가잔 베이의 얼굴이 벌겋게 변했다. 가잔은 아들의 얼굴을 쳐다보며 말했다.
"앞으로 나오거라, 우리 아들아!
내가 오른쪽을 보니 우리 형제 가라귀내가 보이더구나.
가라귀내는 적의 머리를 베고 피를 흘리게 했단다.
가라귀내는 그 일로 명성을 얻었단다.

---

[22] 아브카즈Abxaz는 흑해 동부 해안, 동유럽과 서아시아가 교차하는 지역이다.

내가 왼쪽을 보니 우리 아루즈 외삼촌이 보이더구나.

아루즈 삼촌도 적의 머리를 베고 피를 흘리게 했단다.

그리고 앞을 보니 네가 있더구나.

너는 이제 열여섯 살이 되었다.

그런데 만일 내가 오늘 죽기라도 하면 너는 아무것도 못 하겠지.

너는 여태까지 활시위를 당겨 본 적도 없고 화살을 쏴 본 적도 없잖아.

피 흘린 이 오구즈 땅에서 공을 세운 적이 없지 않니.

내가 죽고 나면 네가 왕좌를 물려받게 될 텐데 나는 그게 걱정이다.

내 끝을 생각하다가 울고 말았구나."

우루즈가 답했다.

"낙타만큼 자랐으나 새끼낙타만큼 철들지는 않았습니다!

언덕만큼 자랐으나 머릿속은 기장 알맹이만큼도 안 됩니다!

아들이 아버지를 보고 용감함을 배우는 걸까요?

아니면 아버지가 아들에게 배워야 할까요?
아버지가 언제 저를 이교도인이 사는 곳으로 데리고 가신 적이 있나요?
칼을 들어 적의 머리를 베는 모습을 제게 한 번이라도 보여 주신 적이 있나요?
제가 아버지에게 뭔가를 보고 배울 기회가 있었습니까?"

아들의 말을 들은 가잔 베이가 박장대소하며 껄껄 웃었다.
"베이들이여, 우루즈의 말이 맞군요. 여러분은 여기서 더 먹고 마시며 계속 이야기를 나누시오. 나는 우리 아들을 데리고 사냥을 나가려 하오. 칠일 여정의 채비를 하고 가려 하오. 활을 쏘고 검을 들어 적의 머리를 벤 곳을 아들에게 보여 주려 하오. 이교도인들과 국경을 맞대고 있는 즈즈그산, 아글라간산, 괴이채산으로 데리고 가려 하오. 베이들이여, 그 땅은 나중에 우리 아들에게 필요할지도 모르는 곳이라오."
가잔이 하인들에게 연밤색 말을 대령시키라고 명령

했다. 가잔이 말에 오르자 보석으로 치장한 삼백 명의 영웅이 가잔을 따랐다. 가잔은 아들과 함께 높은 산으로 사냥을 나섰다. 짐승을 잡고 새를 활로 쏘고 사슴을 쓰러뜨렸다. 사냥을 마친 그들은 높고 푸르른 꽃밭에 천막을 짓고 며칠 동안 함께 먹고 마셨다. 그때 이교도인의 첩자가 이를 염탐하고 그 사실을 이교도 왕에게 알렸다.

 소식을 들은 이교도 왕은 검은 옷을 입은 이교도 병사 1만 6천 명을 이끌고 가잔을 공격하러 출발했다. 얼마 지나지 않아 가잔과 그의 몇몇 부하들은 먼지기둥 여섯 개를 발견하게 되었다. 이를 본 부하들 대부분은 사슴 떼가 몰려온다고 생각했고 몇몇 다른 부하들은 적이 쳐들어온다고 의심했다. 가잔이 말했다.
 "사슴 떼라면 먼지기둥이 하나나 두 개일 텐데, 아무래도 적이 달려오는 모양이오."
 먼지는 태양처럼 빛을 냈고 바다처럼 퍼졌고 숲처럼 새까매졌다. 펠트로 만든 모자를 쓴 야만인 이교도인 1만 6천 명이 눈앞에 도착하자 가잔은 연밤색 말에 올라탔다. 우루즈도 아라비아 말의 말고삐를 잡고 앞으로 몰며 물었다.

"아버지, 저기, 저기 좀 보세요!
바다처럼 새까매지면서 오는 저것은 뭐예요?
불꽃처럼 튀면서 별처럼 반짝이며 오는 저것이 뭐예요?
가르쳐 주세요!
당신을 위해서라면 무엇이든 하겠습니다."

가잔이 답했다.
"이리 와라! 사슴같이 잘생긴 내 아들아!
큰 바다처럼 퍼지며 몰려오는 저것은 이교도인의 군대란다.
태양처럼 빛을 내는 저것은 이교도인의 모자란다.
별처럼 반짝이며 오는 저것은 이교도인의 창이란다.
부정한 종교를 가진 적이고 야만인들이란다. 아들아!"

우루즈가 다시 물었다.

"적이 뭐예요?"

가잔이 다시 답했다.

"아들아, 적이란 우리가 싸울 때 우리가 힘이 세면 우리가 죽이고 적들이 힘이 세면 우리가 죽임을 당하는 거란다."

우루즈가 다시 물었다.

"아버지, 적들 중 베이 지위를 가진 자를 죽이면 적들이 나중에 다시 보복하나요?"

가잔이 다시 답했다.

"아들아, 천 명의 이교도인을 죽인다 해도 적들은 아무도 보복하지 못할 것이다. 저들은 잔인한 이교도일 뿐이다. 이놈들 오늘 잘 만났다. 그런데 네가 신경이 쓰이는구나."

우루즈가 말했다.
"여기를 보세요. 아버지 가잔 칸이여!
제 베두인 말은 오늘을 위한 것입니다.
그날이 왔습니다. 높은 벌판에서 당신을 위해 말을 달릴 것입니다.

먼 곳을 쏘려고 창을 준비했습니다.

그닐이 왔습니다. 당신을 위해 제 창으로 적의 심장을 찌르겠습니다.

오늘을 위해 크고 강한 칼을 준비했습니다.

그날이 왔습니다. 당신을 위해 더러운 이교도인의 머리를 베겠습니다.

오늘을 위해 철로 만든 튼튼한 갑옷을 입었습니다.

그날이 왔습니다. 당신을 위해서 철갑옷에 강력한 깃을 달겠습니다.

머리에는 튼튼한 투구를 쓰겠습니다.

그날이 왔습니다. 투구를 공격하는 전투용 곤봉을 박살내겠습니다.

제 사십 명 영웅들은 오늘을 준비했습니다.

그날이 왔습니다. 당신을 위해서 이교도인의 머리를 베겠습니다.

당신을 위해서 이교도인과 백병전을 벌이겠습니다.

제게 명령만 내려 주세요!

저는 당신을 위해서 무엇이든 할 각오가 되어 있습니다."

가잔이 답했다.

"아들아, 아들아, 내 아들아!

내 말을 듣고 내 이야기에 귀 기울여 다오!

이교도인 중에는 활을 쏘는 명궁수가 있는데

그 자가 쏜 화살은 지금껏 표적을 빗겨 간 적이 없단다.

사람의 머리를 벨 때조차 일말의 거리낌도 없는 자들이란다.

이교도인 중에는 사람 고기 굽는 요리사도 있단다.

이번 적은 네가 알고 있는 적들과는 전혀 다르단다.

나는 내 자리에서 일어나 내 연밤색 말을 탈 것이다.

적이 나를 향해 오고 있으니 나는 가야 한단다.

큰 강철 검을 휘둘러서

잔인한 이교도인의 머리를 베어 버릴 것이다.

싸우고 싸울 것이다.

내가 검을 휘두를 때 너는 보고 배우거라.

네가 언젠가 어려움에 처했을 때 도움이 될 것이다."

우루즈가 답했다.

"아버지, 말씀을 잘 들었습니다.

숫양을 제물로 바칩니다.

아버지는 명성을 위해 아들을 낳고

아들은 아버지를 위해 칼을 들고 싸웁니다.

저는 아버지를 위해 무엇이든 하고 싶습니다."

가잔이 다시 말했다.

"아들아, 아들아, 내 아들아!

너는 적들 사이에 들어가 머리를 벤 적이 없지 않느냐.

너는 사람을 죽여 본 적이 없지 않느냐,

너는 피를 흘리게 한 적이 없지 않느냐.
검은 눈동자를 가진 사십 명의 영웅과 함께
아름다운 능선을 타고 산꼭대기로 올라가거라.
내가 싸우고 전투하는 모습을 지켜보면서 매복하고 있거라."

우루즈는 아버지의 말에 따랐다. 사십 명의 영웅과 함께 높은 산의 꼭대기로 올라갔다. 당시에는 아들이라면 아버지 말에 무조건 따라야 했다. 만일 아버지의 말에 순종하지 않는 아들이 있다면 그런 아들은 자식으로 인정받지 못했다. 우루즈는 창을 땅에 꽂고 서서 산 아래 벌판에서 벌어지는 전투를 응시했다.

벌판에 서서 이교도인들이 가까워지는 것을 지켜보던 가잔 베이가 말에서 내렸다. 가잔 베이는 깨끗한 물로 몸을 씻고 난 후 흰 이마를 땅에 대고 알라신께 예배를 올렸다, 그 모습은 예언자 무함마드를 떠올리기에 충분했고, 부정한 신을 믿는 이교도인들은 이 광경을 보고 두려움에 벌벌 떨었다. 드디어 가잔 베이가 고함을 지르고 검을 휘두르며 돌격했다.

둥둥둥 나가라 소리가 울렸다.
그날 영웅 베이들은 끊임없이 싸웠다.
그날 날카로운 강철 검을 들었고
그날 날카로운 갈대 끝으로 만든 튼튼한 화살을 쐈고
그날 창을 멀리 던졌다.
그날 겁쟁이들은 기어서 숨을 곳을 찾고 있었다.
그날 우루즈는 전투 장면을 보면서 마음이 벅차올랐다.

우루즈가 말했다.
"저기를 좀 봐. 사십 명의 내 친구들아. 그대들을 위해서라면 나는 무엇이든 하겠다. 그대들도 보다시피 우리 아버지 가잔 칸이 적의 머리를 베고 피를 흘리셨다. 그런데 우리 아버지는 이교도인들에게 자비를 베푸시는 듯하다. 아무래도 적들을 용서해 주시는 것 같다. 나를 따르는 영웅들이여, 우리가 나서서 적의 무리를 공격하자."

 우루즈는 검정 말을 타고 나타나 이교도인의 오른쪽을 공격했다. 우루즈와 우루즈를 따르는 영웅들이 적의 무리를 쳐부수자 적은 마치 좁은 길에서 우박을 맞는 듯, 마치 매를 맞는 거위 떼 같이 잔뜩 겁을 먹었다.
 드디어 우루즈는 이교도인들 한 무리를 격파해서 흩어 놓았다. 그러자 힘이 빠진 이교도인들이 화살을 쏘기 시작했다. 쫓기던 이교도인 중 하나가 쏜 화살이 우루즈의 베두인 말을 맞추었다. 적의 화살을 맞은 우루즈의 말이 쓰러지자 이교도인들이 우르르 몰려와 우루즈를 에워쌌다. 우루즈가 위험에 처하자 사십 영웅들이 말에서 내리더니 방패 끈을 짧게 쥐고 칼을 휘두르며 우루즈를 구출하려 했다.
 우루즈는 양쪽에서 공격받았고 사십 영웅들은 모두 전사했다. 결국 우루즈는 적에 포위되었다. 적들은 우루즈의 팔을 묶고 밧줄로 목을 감았다. 적들은 우루즈를 땅바닥으로 밀어 쓰러뜨리고 그대로 질질 끌고 갔다. 우루즈의 고운 피부가 터지고 피가 났다. 우루즈는 아버지, 어머니를 부르며 울었다. 끝내 우루즈는 손발이 묶인 포로가 되었다.

그러나 가잔 베이는 이런 상황을 전혀 알지 못했다. 가잔은 적을 물리쳤다고 생각하고 말고삐를 돌려 아들을 두고 온 곳으로 돌아왔지만 어떻게 된 일인지 아들이 보이지 않았다. 가잔이 주위에 물었다.
"우리 아들이 도대체 어디로 갔을까?"
다른 베이들이 답했다.
"아이의 심장은 새의 심장과 닮았지요. 아마도 어머니 곁으로 도망갔을 겁니다."
가잔은 몹시 실망하며 말했다.
"알라신이 우리에게 무능한 아들을 주셨구나. 그런 놈은 어미에게서 떼어내서 여섯 조각으로 베어야겠다. 그 여섯 살점을 여섯 갈림길에 던져서 동료를 황야에 두고 간 도망자는 어찌 되는지 보여 주자."
말을 마친 가잔 베이는 연밤색 말의 옆구리를 무릎으로 치고 귀향길에 올랐다.

한편 칸의 딸인, 키가 큰 부를라 카툰은 가잔이 오고 있다는 소식을 들었다. 부를라 카툰은 말 중에 수말, 낙타 중에 수낙타, 양 중에 숫양을 잡아서 잔치를 준비했다. 부를라 카툰은 생각했다. 내 새끼의 첫 사냥이니 오구즈 베이들을 잘 대접해서 환심을 사야겠어. 부를라 카툰은 가잔이 오는 것을 보고 자리에서 일어나 옷을 갖춰 입었다. 가잔 앞으로 가까이 다가가서 얼굴을 가린 차도르를 살짝 들고 가잔의 얼굴을 쳐다보았다.

그런데 가잔의 오른쪽과 왼쪽을 살펴보아도 아들 우루즈가 보이지 않는 게 아닌가. 부를라 카툰은 가슴이 철렁 내려앉고 눈에는 피눈물이 고였다.

"이리 좀 와 보세요! 살루르 베이!
내 삶의 운명이여, 우리 집의 기둥이여!
우리 아버지 칸의 사위여!
우리 어머니의 사랑을 받으신 분
우리 부모님이 날 시집보낸 분
내가 눈뜬 그 순간부터 사랑한 분!
나의 영웅 베이 가잔이여!

당신은 자리에서 일어나
아들과 함께 아름다운 가즐륵 말을 탔습니다.
목이 긴 야생 사슴을 쏴서 쓰러뜨렸습니다.
야생 동물 고기를 말에 싣고 돌아오셨습니다.
둘이 갔는데 한 사람만 돌아왔군요.
우리 아이는 어디에 있습니까?
어렵게 얻은 우리 아들은 어디에 있습니까?
우리 아들만 보이질 않으니 내 가슴이 까맣게 탑니다.
가잔이여, 우리 아들이 바위를 넘다 쓰러졌나요?
사자에게 잡아 먹혔나요?
그 아이의 손이 밧줄로 묶였나요?
우리 아들이 이교도인에게 잡혀가기라도 했나요?
우리 칸 어머니, 우리 베이 아버지라고 울부짖게 하였나요?"

가잔의 아내가 계속 말을 이어갔다.
"아들, 아들아, 우리 아들아! 우리 집의 기둥 아들아!
저 너머에서 자는 산들의 꼭대기 아들아!

내 검은 눈의 빛인 아들아!

바람이 불지도 않는데 귀가 아립니다.

마늘을 먹지도 않았는데 속이 쓰립니다.

노란 뱀에게 물리지도 않았는데 몸이 부어오릅니다.

젖이 마른 내 가슴에서 젖이 돌고 있습니다.

우리 아들만 보이지 않으니 속이 까맣게 탑니다.

아들의 소식을 내게 알려 주세요. 가잔이여. 제발 말해 주세요!

만일 알려 주지 않는다면 온 마음으로 당신을 저주할 겁니다. 가잔이여!"

어머니는 이어서 말했다.

"갈대로 만든 창을 든 사람들이 돌아왔습니다.

알라신이여. 금으로 만든 창을 든 사람에게 무슨 일이 일어난 것입니까?

검정 말을 타고 갔던 사람이 돌아왔습니다.

알라신이여. 베두인 말을 타고 간 소년에게 무슨 일이 일어난 것입니까?

노예도 돌아왔고 장수도 돌아왔습니다.

알라신이여. 우리 아들 한 사람에게만 무슨 일이 일어난 것입니까?
우리 아들의 소식만 내게 알려 주세요. 가잔이여!
말을 하지 않는다면 속이 까맣게 타서 당신을 저주할 겁니다."

어머니는 말을 이어갔다.
"나는 흐르는 물을 막은 적이 없습니다.
검은 옷을 입은 대르비쉬에게 자선을 베풀었고
이웃들과도 사이좋게 지냈고
거지에게도 먹을 것을 주었습니다.
배고픈 자를 보면 배불리 먹이고 헐벗은 자를 보면 옷을 내주었습니다.
기도로 어렵게 아들 하나를 얻었습니다!
우리 아들 소식만 내게 말해 주세요. 가잔이여!
만일 알려 주지 않는다면 속이 까맣게 타서 당신을 저주할 겁니다."

가잔의 아내가 계속 말을 이어갔다.

"저 너머 산에서 아들이 떨어졌다면 내게 말해 주세요.
내가 그 산을 삽으로 무너뜨릴 겁니다.
급류에 아들이 휩쓸렸다면 내게 알려 주세요.
그 강의 수원을 파괴할 겁니다.
잔인한 이교도인에게 우리 아들이 잡혔다면 내게 말해 주세요!
우리 칸 아버지를 찾아가서 큰 군대와 금은보화를 받아오겠습니다.
내가 크게 부상을 입고 가즐록 말에서 떨어지지 않는 한
내 옷소매가 내 붉은 피로 흥건해지지 않는 한
내 손발이 잘려 땅에 떨어지지 않는 한
결코 내 길을 벗어나지 않겠습니다.
가잔이여. 내가 신발을 벗어야 할까요?
내 얼굴을 내 손톱으로 할퀴어야 할까요?
가을 사과 같은 뺨을 할퀴어야 할까요?
내 옷에 피를 묻힐까요?
당신의 고향에서 슬프게 통곡할까요?
내가 아들아, 아들아, 부르며 울어야 하나요?

금 낙타 떼는 여기를 지났습니다.

새끼낙타들이 낙타 울음을 울며 어미를 따라갔습니다.

나는 아이를 잃었습니다.

나도 울어야 하나요?

검정 가즐록 말 한 마리가 여기를 지나갔습니다.

검정 말의 새끼가 말 울음을 울며 여기를 지나갔습니다.

방목지의 흰 양들이 여기를 지나갔습니다.

흰 양의 어린 새끼 양이 울며 여기를 지나갔습니다.

나도 우리 어린 새끼 양을 잃었으니 울어야 하나요?

아들을 부르며 신음하고 통곡해야 하나요?"

여인이 계속 말했다.

"자리에서 일어나자고 했습니다.

검은 가즐록 말을 타고

오구즈 땅을 돌아다녀서

우리 아들에 잘 어울리는 밤색 눈의 며느리를 얻고자 했습니다.

검은 땅에 흰 장막을 지으려 했습니다.

우리 아들이 행복해하며 신방에 들어가는 모습을 보고 싶었습니다.

내 소원이었습니다.

그런데 내 소원을 이룰 수 없게 되었습니다.

당신을 저주합니다. 가잔이여.

어떻게 하셨는지 내게 말해 보세요!

만일 한마디도 하지 않는다면 속이 시커멓게 타서 당신을 저주하겠습니다. 가잔이여!"

가잔은 아내의 말을 듣고 정신이 혼미해졌다. 터질 듯 심장이 아프고 어둠이 스며든 눈에는 피눈물이 고였다. 가잔이 말했다.

"걱정하지 마시오. 우리 아들은 사냥 중인가 보오. 사냥 중인 아들 때문에 그렇게 슬퍼할 필요는 없소. 나에게 7일의 말미를 주시오. 만약 우리 아들이 땅속에 있다면 땅속에서 아들을 찾아낼 것이고 만약 우리 아들이 하늘에 있다면 하늘에서 데려올 것이오. 아들을 찾을 수 있으면 찾아내고 찾지 못한다면 알리신이 우리에게 준 것을 도로 가져가셨으니 그때 슬퍼해도 늦지 않소."

아내가 말했다.

"가잔이여, 당신이 뭉툭한 창을 들고 지친 말을 달려 우리 아들을 찾으러 간다면 그때는 우리 아들이 사냥 중이라 믿겠습니다."

가잔 베이가 아내 모르게 다른 베이들에게 말했다.

"아무래도 우리 아들이 포로로 잡힌 모양이오."

가잔은 집으로 돌아온 길을 다시 되짚어서 말을 달렸다. 밤낮없이 달려서 드디어 적을 무찌른 곳에 도착했다. 거기서 가잔은 아들과 함께 다니던 사십 명 영웅의 시체를 발견했다. 아들이 타던 베두인 말은 활을 맞고 죽어 있었다. 가잔이 시체를 뒤졌으나 죽은 자들 속에서 아들을 찾을 수 없었다. 아들이 쓰던 금 손잡이 채찍만 겨우 찾은 가잔은 아들이 이교도인에게 잡혀갔을 거라 추측하며 흐느꼈다.

"내 높은 산의 꼭대기 아들아!

굽이치는 내 물줄기 아들아!

늙어서 잃은 우리 아들아!"

가잔은 곧바로 데르밴트에 정착해서 사는 이교도인을 찾아갔다.

한편 적의 아들을 고통스럽게 죽여야겠다고 생각한 이교도인들은 포로로 잡은 우루즈에게 검은 옷을 입혀서 문 입구에 두고는 오고 가는 사람들에게 밟고 지나게 했다.

드디어 가잔이 이교도인 마을에 도착했다. 가잔은 말고삐를 당겨 연밤색 말이 앞다리를 들고 울음소리를 내게 했다. 가잔을 본 이교도인들이 놀라 갈팡질팡했다. 누구는 말을 찾아 타고 또 다른 이들은 갑옷을 입느라 정신이 없었다. 이교도인들의 행동을 이상하게 여긴 우루즈가 머리를 들고 물었다.

"이교도 놈아, 대체 무슨 일이냐?"

한 이교도인이 답했다.

"당신의 아버지가 여기로 왔다. 당신의 아버지를 잡으려고 그런다."

우루즈가 말했다.

"아이고 아이고, 이 이교도 놈아. 신이 유일하심을 의심하지 않는다."
 이교도인들이 소년의 손발을 묶은 끈을 풀고 가렸던 눈도 풀어 주었다. 소년이 아버지에게 다가갔다.

"이보세요. 베이 아버지!
내가 포로로 잡힌 걸 어떻게 아셨어요?
내 흰 손이 묶이고
흰 목에 밧줄이 감기고
내 검은 눈의 영웅들이 죽었다는 걸 어떻게 아셨어요?"

 우루즈는 이교도인에게 들은 말을 아버지에게 전했다.
"연밤색 말을 탄 가잔을 잡아서
손과 팔을 묶어라.
조용히 가잔의 머리를 베어라.
가잔의 붉은 피를 흘려라.
가잔을 아들과 함께 죽여라.
가잔의 대를 끊어라."

우루즈가 이어서 말했다.

"칸 아버지, 아버지가 연밤색 말을 타고 달리다가
말이 넘어질까 걱정입니다.
싸우다 포로로 잡혀서
머리가 잘리지는 않을까 걱정입니다.
아들을 부르던 흰 머리의 우리 어머니가
내 운명인 가잔을 외치며 울게 될까 봐 걱정입니다.
아버지, 집으로 돌아가세요!
말을 달려 황금 지붕 장막으로 돌아가세요!
늙으신 우리 어머니의 희망이 되어 주세요!
검은 눈을 가진 누이들을 울게 하지 마세요!
고통을 겪고 있는 늙으신 우리 어머니를 통곡하게 하지 마세요!
아버지가 돌아가신다면 그것은 아들에게 너무나 치욕스러운 일입니다!
알라신을 위해서라도 집으로 돌아가세요!
돌아서서 집으로 가세요!
늙으신 우리 어머니가 당신을 마중 나와 물으면

아버지여, 있는 그대로 소식을 알려 주세요.

우리 어머니에게 아늘의 손이 팔목부터 묶여 있는 걸 봤다고 얘기해 주세요.

목에는 밧줄을 감아 놓았더라고 얘기해 주세요!

검정 돼지 막사에서 자고 있더라고 얘기해 주세요!

밧줄로 매 놓았더라고 얘기해 주세요!

발목에는 무거운 족쇄를 채워 놓았더라고 얘기해 주세요!

탄 보리 빵과 쓴 양파를 먹고 있더라고 얘기해 주세요!

어머니에게 내 걱정은 하지 말라고 얘기해 주세요!

어머니께 한 달 동안 나를 기다려 달라 얘기해 주세요.

그런데도 만일 내가 돌아오지 않으면 두 달 동안 나를 기다려 달라고 하세요.

만약 두 달이 지나도 오지 않으면 석 달 기다려 달라고 하세요!

만약 석 달이 지나도 오지 않으면 그때는 죽은 줄 아시라고 해 주세요.

종마를 잡아서 내 제사를 지내 주시라 얘기해 주세요!
우리 어머니에게 검은 옷을 입어 달라고 해 주세요!
오구즈 땅 사람들에게 나를 위해 애도해 달라고 해 주세요.
저는 당신을 위해서라면 무엇이든 하겠습니다.
아버지, 부디 돌아가 주세요!"

우루즈가 또 말했다.
"저 너머에서 자는 산들이 원하면 사람들이 여름 방목지로 갈 겁니다.
넘치는 강물이 원하면 물이 세차게 흐를 겁니다.
말들이 건강하다면 새끼를 낳을 겁니다.
낙타 떼를 키우는 곳에서 황금 낙타가 건강하면 새끼를 낳아 더 많아질 겁니다.
여름 방목지에 있는 흰 양이 건강하면 어린 새끼 양을 낳을 겁니다.
영웅 베이들이 건강하면 아들을 낳을 겁니다.
아버지가 살아 계시고 어머니가 살아 계시면
알라신께서 나보다 훌륭한 아들을 점지해 주실 겁

니다.
어서 돌아가세요. 아버시, 돌아가세요!"

가잔 칸이 답했다.
"아들아, 아들아, 내 아들아!
저 너머 높은 산의 꼭대기 아들아!
튼튼한 내 등의 힘인 아들아!
어두운 내 눈의 빛인 아들아!
새벽이 오면 너를 위해 자리에서 일어나
연밤색 말을 타고 달렸단다.
연밤색 말이 지칠 때까지 달렸단다.
흰옷이 먼지로 얼룩질 때까지 달렸단다.
너를 위해서라면 나는 무엇이든 할 것이다.
네가 사라진 후 천국이던 내 왕좌는 바닥에 떨어졌단다.
나가라는 더 이상 둥둥 소리 내지 않는단다.
공식 회의도 열리지 않는단다.
내가 아는 베이들은 흰옷을 벗고 검은 옷으로 갈아입었다.

거위 같은 여자들도 흰옷을 벗고 검은 옷으로 갈아
입었다.
늙은 네 어머니는 피눈물을 흘렸단다.
나이 많은 아버지는 정신을 잃고 기절했단다.
아들아, 내가 이대로 돌아서서 집에 간다면
네 어머니가 창백한 얼굴로 아들을 부를 텐데
어찌 아들 목에 밧줄이 감겨 있더라고 말할 수 있겠
느냐?
우리 아들의 흰 손을 등 뒤로 묶어 놓았더라고 말할
수 있겠느냐?
네가 맨발이더라는 말을 어떻게 할 수 있겠느냐?
그리되면 내 명예는 어떻게 되겠느냐?
거친 밧줄에 목이 쓸린 상처를 보았다고 어떻게 말
할 수 있겠느냐?
네 팔목에서 쇠줄에 패인 상처를 보았다고 어떻게
말할 수 있겠느냐?
점심으로 보리 빵과 쓴 양파를 먹더라고 어떻게 말
할 수 있겠느냐?"

가잔이 계속 말했다.

"맞은 편의 높은 산들도 가물어 메마르면 풀이 자라지 않는단다.

굽이쳐 흐르는 저 아름다운 강들도 가물어 메마르면 흐르지 않는단다.

낙타들도 늙으면 새끼를 낳지 못한단다.

말들도 늙으면 망아지를 낳지 못한단다.

영웅 베이들도 늙으면 아들을 낳지 못한단다.

아버지는 늙었고 어머니도 늙었다.

알라신께서는 우리에게 너보다 좋은 아들을 주지 않을 것이다.

설령 우리에게 다른 아들이 생긴다 해도 너를 대신할 수는 없단다.

푸른 하늘의 검은 구름이 되어

이교도인에게 천둥을 내리치겠다.

흰 번개가 되어 내리치겠다.

갈대가 되어 이교도인을 불태우겠다.

한 명 대신 아홉을 죽이겠다.

창에도 알라신의 보호하심이 깃들지어다!

가잔은 연밤색 말에서 내려 흐르는 깨끗한 물에 씻고 흰 이마를 바닥에 대며 나마즈 예배를 올렸다. 전능하신 알라신께 버틸 힘을 달라며 무함마드를 찬양했다. 가잔은 낙타처럼 울고 사자처럼 포효하며 말을 몰라 이교도인을 공격했다. 검을 휘두르며 싸우고 또 싸워서 이교도인을 베고 쓰러뜨렸지만 끝이 없었다. 가잔은 한 시간 동안 세 번 공격했다. 그런데 갑자기 이교도인의 칼이 가잔의 눈썹을 스쳤고, 검은 피가 콸콸 흘러서 눈으로 흘러들었다.

한편 키가 큰 부를라 카툰은 아들 걱정을 하느라 안절부절못했다. 결심한 듯 부를라 카툰은 큰 검을 차고 말에 올랐다. '우리 가잔이 오지 않았어.' 라며 호리호리한 마흔 명의 남녀를 이끌고 가잔이 간 길을 달려갔다. 마침내 가잔이 있는 곳에 도착해서 남편에게 다가갔으나 가잔은 자기 부인을 알아보지 못했다.
"이보시오. 영웅이여. 검은 말의 고삐를 내게 주시오. 나를 좀 보시오. 영웅이여!

지금 타고 있는 검은 말을 내게 주시오. 영웅이여!

당신이 가진 강한 장과 그 옆에 있는 강철 창을 내게 주시오. 영웅이여!

오늘 나를 한번 도와주시오!

나를 도와준다면 내 성과 내 나라를 주겠소."

부를라 카툰이 답했다.

"영웅이여, 왜 내 앞을 막고 나를 못 가게 하십니까?

왜 내 과거를 기억하게 하십니까?

검은 눈을 가진 가잔, 말을 잘 타는 가잔이여!

우리 아들을 데려가 내 높은 산을 무너뜨린 가잔이여!

그늘이 하나인 내 커다란 나무를 베어 버린 가잔이여!

칼로 내 날개를 부러뜨린 가잔이여!

내 유일한 아들 우루즈를 죽인 가잔이여!

말을 달릴 때 말에 앉지 않고 서서 달리는 가잔이여!

칸의 딸인 당신의 부인조차 알아보지 못하는군요!

당신에게 무슨 일이 벌어진 건가요? 당신 정신이 나갔어요?

검을 드세요. 가잔이여. 내가 왔어요."

이때 오구즈 영웅들이 그곳에 속속 도착했다. 제일 먼저 검은 콧수염을 뒤로 묶은 가잔의 형제, 가가귀내가 도착했다. 그는 검은 황소 가죽 요람 덮개를 가진 자로 화가 나면 검은 돌을 재로 만들어 버렸다.
"가잔이여, 칼을 드세요. 제가 왔습니다."
데르벤트의 철문을 점령하고 세상에서 가장 긴 창으로 영웅들을 굴복시킨 영험한 그얀 샐지크의 아들, 댈리 돈다즈가 다음으로 도착했다. 댈리 돈다즈는 시합에서 가잔을 세 번이나 말에서 떨어뜨린 영웅이었다.
"가잔 칼을 드십시오. 제가 왔습니다!"
뒤이어 쉬르 샘샌딘이 도착했다. 쉬르 샘샌딘은 바인드르 칸의 적이었던 이교도인 육만 명을 바인드리 칸의 허락도 받지 않고 공격해서 무찌른 적이 있었다.
"가잔, 칼을 드세요. 제가 왔습니다!"
다음으로는 오구즈에서 널리 사랑받는 배이래크가 말을 달려 도착했다. 배이래크는 바이부르드 성벽을 뛰어넘은 용감한 영웅이었고 가잔의 절친한 친구이기도 했다.

"가잔, 칼을 들게. 내가 왔네!"

그 다음으로는 스물네 개의 부속을 나스리는 댈리 돈다즈가 왔고 뒤이어 천 명의 우두머리인 뒤예르가 도착했다. 이어서 뷔크드즈 애맨이, 또 이어서 아홉 부족의 우두머리 아르즈가 도착했으며 셀 수 없이 많은 오구즈 베이들이 도착했다.

가잔의 모든 베이들이 속속 도착해서 그 주변에 모였다. 베이들은 깨끗한 물에 씻고 나마즈 예배를 올렸다. 모두들 무함마드를 찬양하며 용감하게 적에게 달려갔다. 그날 누가 용감한지 누가 비겁한지 만천하에 드러났으며 겁쟁이들은 숨을 곳을 찾느라 허둥댔다. 전쟁은 끔찍했고 벌판은 잘린 머리로 꽉 찼다. 마치 세상이 이대로 끝날 것만 같았다.

오구즈 베이들과 댈리 돈다즈는 오른쪽에서 적을 공격했고 가라부다그는 용감한 영웅들과 함께 왼쪽에서 달려갔으며 가잔은 적의 중앙을 공격했다. 가잔은 적의 우두머리와 쇠클리 멜리크에게 달려가 말에서 떨어뜨리고 붉은 피를 흘렸다.

오른쪽에서 돈다즈는 가라 티개느를 공격해서 가라

티개느를 말에서 떨어뜨렸다. 가라부다그는 왼쪽에서 부가즈그 맬리크를 창으로 공격해서 말에서 떨어뜨린 후 머리를 벴다.

키가 큰 부를라 카툰은 이교도인의 검은 깃발을 칼로 갈기갈기 찢고 넘어뜨렸다. 적들은 혼비백산해서 도망쳤으며 많은 이교도인들이 골짜기에서 목숨을 잃었다. 1만 5천 명이나 되는 이교도인들이 죽거나 포로로 잡혔다.

아들을 찾은 가잔 칸이 말에서 내려 아들의 팔을 묶고 있던 끈을 풀고 끌어안았다. 오구즈인 중에서 삼백 명의 영웅이 전사했다. 가잔이 아들을 구해 돌아오자 오구즈인들은 기뻐했다. 오구즈인들은 많은 전리품을 얻었다. 가잔은 아그자 성에 장막 마흔 개를 지으라고 명령했다. 칠 박 칠 일 동안 연회를 열고 마흔 명의 남자 노예와 마흔 명의 여자 노예를 풀어 주며 아들의 복을 빌었다. 가잔은 또 용감하게 적을 공격해서 공을 세운 이들에게 땅과 금은보화를 하사했다.

고르구드 아버지가 고푸즈를 연주하며 노래했다.

"용감한 이들은 어디로 갔는가?
세계가 내 것이라 자신만만하던 이들은 어디에 있는가?
죽음이 그들을 데려가서 땅이 영웅들을 숨겼으니
필멸의 세계는 대체 누구의 것이 되었단 말인가?
누구나 왔다 가는 세상, 누구든 죽는 세상.
아무도 죽음을 피할 수 없는 세상이여.
이제 내가 덕담을 한마디 하겠소.
큰 산은 무너지지 않을 것이오!
그늘을 내어주는 큰 나무는 잘리지 않을 것이오!
세차게 흐르는 아름다운 물은 마르지 않을 것이오!
날개 끝은 부서지지 않을 것이오!
신은 당신이 악인에게 의지하게 두지 않을 것이오!
흰 말은 달리고 달려도 지치지 않을 것이오!
날카로운 강철 검은 무뎌지지 않을 것이오!
아무리 찔러도 긴 창은 절대 휘어지지 않을 것이오!
알라신이 주신 희망은 끝이 없을 것이오!

당신의 믿음은 변치 않을 것이오!

이마를 바닥에 닿게 다섯 번 예배를 올렸으니 알라신께서 우리의 예배를 기쁘게 받으시길 비나이다!

전능하신 알라신께서 여러분의 죄를 용서해 주시기를 비나이다.

알라신께서 거룩한 무함마드의 이름으로 당신의 죄를 사해 주시기를 비나이다!"

6
두카 노인의 아들 돔룰에 관한 이야기

오구즈족 두카 노인에게는 댈리 돔룰이라는 용감한 아들이 있었다고 전한다.

댈리 돔룰은 물이 말라 흐르지 않는 강에 다리를 지어 놓고는 다리를 건너는 사람에게는 33야크를, 다리를 건너지 않겠다는 사람에게는 40야크를 내라고 행패를 부렸다. 댈리 돔룰이 그런 어처구니없는 짓을 한 이유는 자신의 용맹함과 대담함이 룸과 샴에 널리 퍼졌다고 생각했기 때문이었다. 댈리 돔룰은 이 세상에서 자신보다 더 용감하고 강한 사람이 있는지 확인하고 싶었다.

어느 날 사람들이 다리 근처에 장막을 지었다. 그런데 한 훌륭한 영웅이 병을 얻어 시름시름 앓다가 알라신의 부름을 받고 운명을 달리하는 일이 발생했다. 가족들은 아들아, 우리 형제야, 부르며 대성통곡했고 온 동네가 슬픔에 잠겼다. 그때 댈리 돔룰이 말을 타고 그곳에 나타났다.

"이 멍청이 바보들아, 왜 이렇게 시끄럽게 우는 게냐? 내 다리 근처에서 왜 이렇게 통곡하고 난리인 게야?"

사람들 가운데 하나가 대답했다.

"칸이시여, 우리 영웅 중 한 영웅이 죽어서 이렇게 울고 있습니다."

댈리 돔룰이 다시 물었다.

"이놈들, 너희의 영웅을 대체 누가 죽였느냐?"

"베이시여, 알라신의 명입니다. 날개 달린 저승사자가 영웅의 생명을 빼앗아 갔습니다."

"저승사자라니? 그자가 누구냐? 저승사자가 누구인지 알려 준다면 내가 그자와 싸워서 영웅의 생명을 구하겠다. 다시는 훌륭한 영웅의 목숨을 빼앗지 못하게 하겠다."

말을 미친 댈리 돔룰은 집으로 돌아갔다.

한편 댈리 돔룰의 말을 들은 알라신은 몹시 기분이 상하고 말았다.

"이런 건방진 자를 보았나. 이 미친 멍청이는 내 유일함을 인정하지 않는구나. 내 도움과 내 친절에도 감사할 줄 모르다니. 감히 내 위대한 궁전을 마음대로 싸돌아다니고 자랑질을 일삼다니."

화가 난 알라신이 저승사자를 불러서 당장 그 돔룰의 목숨을 가져오라고 명령했다.

댈리 돔룰이 사십 영웅과 함께 장막에 앉아 있을 때 저승사자가 찾아왔으나 보초조차 저승사자를 알아보지 못했다. 갑자기 댈리 돔룰은 앞을 못 보게 되었다. 손에 힘이 쭉 빠지면서 댈리 돔룰의 온 세상이 순식간에 어두워졌다. 댈리 돔룰이 한탄했다.

"이런, 당신은 무서운 노인이구나.

보초들이 당신을 보지 못했단 말인가.

내 두 눈이 멀고

건장한 손에 힘이 빠졌구나.

온몸이 덜덜 떨려서

황금 술잔도 떨어뜨렸구나.

내 뼈들이 소금처럼 녹는구나.

흰 수염이 자란 흰 노인아.

눈이 괴물처럼 튀어나온 노인아."

댈리 돔룰의 말을 들은 저승사자는 화가 났다.

"이 쓸모없는 멍청아!

내 튀어나온 눈이 마음에 들지 않는다고?

내 수염의 흰색이 마음에 들지 않는다고?

나는 노인이든 젊은이든 가리지 않고 목숨을 많이 빼앗았다.

내 흰 수염은 이를 뜻한다.

이놈아, 이 멍청한 놈아, 네가 자랑질하지 않았더냐.

붉은 날개 달린 저승사자를 잡아 죽이겠다고, 훌륭한 영웅의 목숨을 구하겠다고.

그래 이 멍청아, 내가 네 목숨을 거두러 왔다. 네 목숨을 순순히 내놓겠느냐? 아니면 나랑 한판 붙어 볼

테냐?"

댈리 돔률이 답했다.
"이놈, 이놈, 붉은 날개 달린 저승사자가 바로 너구나?"
저승사자가 말했다.
"그래. 바로 나다."
"네가 용감한 영웅의 목숨을 빼앗았느냐?"
"그렇다. 바로 나다."
"거기 보초들아. 문을 닫아라. 이놈, 저승사자야. 내 너를 넓은 곳에서 찾고 있었는데 이 좁은 곳에서 만나게 되었구나. 내 너를 지금 당장 죽이고 용감한 영웅들의 목숨을 구할 것이다."

댈리 돔률이 검집에서 큰 검을 꺼내 들더니 저승사자를 공격하기 시작했다. 그러나 저승사자는 순간 비둘기로 변해서 창문으로 날아가 버렸다. 이를 본 댈리 돔률은 박장대소하며 말했다.
"내 영웅들이여, 저승사자가 놀란 꼴을 보라. 얼마나 무서웠으면 저렇게 당황해서 넓은 문을 두고 좁은 굴

뚝으로 달아났겠느냐. 비둘기 한 마리가 내 손에서 날아갔구나. 절대 도망갈 수 없을 것이다. 매를 날려 반드시 잡겠다."

댈리 돔룰이 일어나 말에 올라타더니 손에 매를 올린 채 저승사자를 쫓아갔다. 댈리 돔룰이 매를 날려 비둘기 두 마리를 죽이고 의기양양해서 집으로 돌아오는데 별안간 저승사자가 그 앞에 나타났다. 저승사자를 본 말이 놀라 날뛰는 바람에 댈리 돔룰이 말에서 떨어졌다. 댈리 돔룰은 현기증을 느끼며 그대로 의식을 잃었다. 그 틈을 타 저승사자가 댈리 돔룰의 가슴에 올라앉아 목을 조르기 시작했다. 댈리 돔룰이 애원했다.

"저승사자님, 자비를 베풀어 주세요.
신의 유일함을 의심하지 않습니다. 제발 저를 믿어 주세요!
나는 당신이 이러시는 줄은 전혀 몰랐습니다.
도둑처럼 목숨을 앗아가는 줄 알았습니다.
나는 커다란 산을 가지고 있습니다.

그 산에는 포도밭이 있습니다.

검은 송이 포도들이 주렁주렁 달려 있습니다.

그 포도를 짜서 만든 붉은 와인이 있습니다.

그 술을 마시면 기분 좋게 취할 수 있습니다.

그때 나는 술을 마셔 취했습니다.

그때 나는 내가 무슨 말을 하는지도 모르고 지껄였습니다.

나는 베이로서 내 뜻을 마음껏 펼쳐 보지도 못했습니다.

제발 살려 주세요. 목숨만 살려 주세요."

저승사자가 답했다.

"이 멍청한 바보 놈아, 나에게 구걸해 봤자 아무 소용없다. 알라신께 빌어야지! 나는 그저 신의 명을 따를 뿐이다."

"그럼 목숨을 주시는 이도 알라신이고 목숨을 가져가시는 이도 알라신인가요?"

"그렇다."

"그럼 당신이 하는 일이 무엇이란 말이요? 그렇다면

당신은 빠져 주시오. 내가 알라신에게 직접 말하겠소이다!"

댈리 돔룰이 말을 시작했다.
"아름다운 신이시여, 높은 곳에서 가장 높으신 신이시여.
아무도 당신의 모습을 모릅니다.
아름다운 신이여!
수많은 무능한 자들이
하늘에서도 당신을 찾고 땅에서도 당신에게 빕니다.
당신은 믿는 자들의 마음에 있습니다.
당신은 위대하고 강합니다.
당신은 늘 비밀에 싸여 있습니다.
내 목숨을 가져가시려거든 당신이 직접 가져가세요.
저승사자가 내 영혼을 거두지 않게 하소서."

댈리 돔룰의 말이 알라신의 마음에 들었다. 알라신이 저승사자를 불러 말했다.
"이 미친놈은 내 유일함을 알고 내 유일함에 감사하

고 있으니 그 목숨 대신 다른 목숨을 찾거라."

저승사자가 댈리 돔룰에게 말했다.

"전능하신 알라신께서 네 영혼을 대신할 다른 영혼을 받아오라 하신다. 그렇게 하면 네 영혼을 풀어 주겠다 하신다."

댈리 돔룰이 곤란해하며 되물었다.

"다른 목숨이라니요? 내게는 늙은 어머니와 늙은 아버지가 있을 뿐입니다. 그럼, 우리 같이 우리 부모님에게 가 봅시다. 아마 두 분 중 한 분은 목숨을 내주실지도 모릅니다. 그리되면 내 영혼을 놓아주세요."

댈리 돔룰이 아버지를 찾아갔다. 댈리 돔룰이 아버지의 손에 입을 맞췄다.

"수염이 하얗게 센 아버지, 존경하는 내 아버지!
지금 무슨 일이 벌어졌는지 아시나요?
제가 말실수를 해서
내 말에 알라신이 노하셔서
붉은 날개 달린 저승사자에게 명했어요.
저승사자가 제게 날아왔어요.

저승사자가 제 몸에 앉아
제 목숨을 가져가려 했어요.
아버지, 저승사자가 제 목숨 대신 아버지의 목숨을 원하고 있습니다. 목숨을 내주실 수 있으세요?
아니면 저를 죽게 두시고 아들을 부르며 통곡하실 건가요?"

아버지가 답했다.
"아들아, 아들아, 우리 아들아!
네가 태어났을 때 낙타 아홉 마리를 제물로 바쳤었다. 아들아!
내 황금 집의 기둥인 아들아!
거위같이 아름다운 우리 집안 여자들의 꽃인 아들아!
저기서 자는 높은 산이 필요하다면
내 기꺼이 저승사자에게 방목지로 내어줄 것이다.
시원한 샘이 필요하다면
내 기꺼이 저승사자에게 내어줄 것이다.
최고로 좋은 명마가 필요하다면
저승사자가 타도 좋다!

수많은 낙타가 필요하다면 내 낙타에 저승사자의 짐을 실어도 좋다.
여름 방목지에 있는 흰 양이 필요하다면
내 양들로 저승사자의 부엌에서 잔치를 준비해도 좋다.
금은보화가 필요하다면
저승사자가 마음껏 써도 좋단다.
그러나 삶은 아름답고 목숨은 소중하단다.
내 목숨을 끊을 수는 없구나!
나보다는 네 어머니와 더 가깝지 않니, 어머니를 찾아가거라!"

댈리 돔룰은 몹시 실망한 채 말에 올라 어머니를 찾아갔다. 댈리 돔룰이 말했다.
"어머니, 지금 어떤 일이 벌어졌는지 알고는 있으신지요?
붉은 날개 달린 저승사자가 하늘에서 내려왔어요.
제 흰 가슴에 앉았어요.
제 목을 졸라서 목숨을 가져가려고 해요.

아버지에게 제 목숨 대신 아버지 목숨을 달라고 부탁드렸는데 거절하셨어요.

어머니, 저승사자가 어머니 목숨을 바라고 있는데 어머니의 목숨을 내주실 수 있어요?

아니면 저를 죽게 하시고 아들을 부르며 통곡하실 건가요?

흰 얼굴을 손톱으로 할퀴실 건가요?

갈대같이 검은 머리를 잡아 뽑으실 건가요?"

돔룰의 어머니가 답했다.

"아들아, 아들아, 우리 아들아!

아홉 달 동안 좁은 내 배 속에 있던 아들아!

속싸개, 겉싸개로 감싸서 요람에서 키운 내 아들아!

열 달이 되어 낳은 아들아!

배부를 때까지 내 젖을 빨던 아들아!

적에게 포로로 잡혔다면

금은보화를 써서라도 너를 구할 것이다. 아들아!

네가 옳지 않은 길을 걷고 있으니 나는 그 길을 걸을 수가 없구나.

삶은 아름답고 목숨은 소중하단다.
내 목숨을 줄 수가 없구나."

돔룰의 어머니도 목숨을 내주지 않자 저승사자가 댈리 돔룰의 목숨을 거두려 했다. 그때 댈리 돔룰이 빌었다.

"저승사자님. 제발 자비를 베풀어 주세요.
알라신의 유일함을 의심하지 않아요. 저를 믿어 주세요!"

"이 미친 바보야! 뭘 더 바라느냐? 수염이 센 아버지를 찾아가도 목숨을 내주지 않았고 머리카락이 센 어머니를 찾아가도 목숨을 내주지 않았다. 너를 대신해서 죽을 사람이 있느냐?"

"나를 사랑하는 사람을 만나 보고 싶습니다."

"이 멍청아, 그게 누구냐?"

"인류으로 맺은 인연인 사랑하는 아내가 있습니다. 아내와 나 사이에는 아들 둘이 있습니다. 그들을 한 번 만나 보고 마지막으로 인사하고 싶습니다. 그런 다음 내 목숨을 가져가도 좋습니다."

댈리 돔룰이 말을 타고 아내를 찾아갔다.
"붉은 날개가 달린 저승사자가 하늘에서 내려왔다오.
내 흰 가슴에 올라앉아
아름다운 내 목숨을 거두려 하고 있소.
아버지에게 내 목숨을 대신할 목숨을 주십사 부탁했지만 주지 않으셨소.
어머니에게 목숨을 주십사 부탁했지만 주지 않으셨소.
삶은 아름답고 목숨은 소중하다 하셨소.
이제 내 높은 산들은 당신의 여름 방목지요!
이제 내 시원한 물은 당신의 샘이오.
마구간에 있는 수많은 말들을 이제 당신이 타시오.
황금 지붕으로 된 높은 집은 이제 당신 것이오.
수많은 낙타 떼에 당신 짐을 실으시오.
당신 눈에 어떤 사람이 들어온다면
그리하여 당신이 마음으로 사랑하게 된다면 그 사람과 결혼하시오.
우리 두 아들을 아버지 없는 아이들로 만들지 말아

주오."

아내가 말했다.
"이게 무슨 말씀입니까?
내가 눈 뜨자마자 처음 보고 마음 주고 사랑한 분!
달콤한 키스를 나누고
한 베개를 같이 벴지요.
당신이 없다면 저기 솟은 저 산들이 무슨 소용인가요?
여름 방목지는 그저 내 묘지일 뿐입니다.
시원한 물을 마신다고 한들 그저 피가 될 뿐입니다.
금은보화를 쓴다 한들 내 수의를 만드는 데 쓸 뿐입니다.
수많은 말을 내가 탄다 한들 내 관이 탈 뿐입니다.
당신이 죽는다면 내가 다른 영웅을 사랑하게 된다면 그래서 결혼해서 한 침대에서 자게 된다면 그 영웅이 뱀이 되어 나를 물어 버릴 겁니다.
믿음이 부족한 당신의 어머니와 아버지는 그 목숨이 뭐라고 당신에게 내주지 않으셨단 말입니까?

하늘과 땅이시여, 증인이 되어 주세요!
전능하신 알라신께서 증인이 되어 주세요! 내가 당신을 위해 목숨을 바치겠습니다."

저승사자가 동의하고 돔룰 아내의 목숨을 거두려 했다. 그러나 영웅 돔룰은 아내를 죽게 둘 수 없었다. 돔룰은 알라신께 구걸했다.
"높은 것들 가운데 가장 높고
아무도 당신이 어떤 모습인지 알지 못하는 고귀한 신이시여.
아름다운 신이시여, 저 많은 사람들이
하늘에서도 당신을 찾고 땅에서도 당신에게 빕니다.
당신은 믿는 자들의 마음속에 있습니다.
당신은 영원한 통치자이십니다.
대형 도로를 닦고 거기에 당신을 위한 건물을 짓겠습니다.
배고픈 자를 보면 당신의 이름으로 먹을 것을 나누겠습니다.
헐벗은 자를 보면 당신의 이름으로 옷을 나누겠습

니다.

목숨을 거두시려거든 우리 둘의 목숨을 동시에 거둬 주세요!

살리시려거든 우리 둘 다 살려 주세요!"

댈리 돔룰의 말이 알라신의 마음에 들었다. 알라신이 저승사자에게 말씀하셨다.

"댈리 돔룰의 어머니와 아버지의 목숨을 가져오라! 댈리 돔룰과 댈리 돔룰의 아내에게 백사십 년의 수명을 주겠노라."

작가의 말

레일라 박사와 함께 『키타비 데데 고르구드』라는 영웅서사시를 번역하기로 했을 때 내 마음은 이미 초원을 달리고 있었어요. 반가움과 호기심을 갈기처럼 휘날리며 말을 달려간 곳에선 친구가 기다리고 있었지요. 새 책을 읽다 보면 새로운 세계에 들어가게 되고 그곳에서 나무 친구와 구름 친구와 양 친구를 사귀게 됩니다. 말 친구를 만나기도 해요. 뒷산에서 자라는 나뭇잎과 다른 빛깔의 나뭇잎을 주웠다고요? 엉덩이가 매우 커다란 양을 만났나요? 나와 비슷한 옷을 입은 친구와 마주치고 나와 조금 다른 말투를 쓰는 친구도 만나게 될 거예요.

『키타비 데데 고르구드』는 투르크 민족 중 오구즈족에게 전해지는 아주 오래된 영웅서사시예요. 총 열두 개의 이야기로 구성되어 있는데 여러 나라에서 여러 판본으로 전해지고 있어요. 우리 책은 아제르바이잔 판본 중에서 최신 판본을 기본으로 번역했습니다. 함께 번역한 레일라 박사가 아제르바이잔

출신 작가이기도 하지만 지금까지 전해지는 여러 판본 중에 아제르바이잔 판본이 가장 인정받는 판본이기 때문이에요.

우리 책은 '데데 고르구드의 책'으로도 알려진 『키타비 데데 고르구드』 아제르바이잔 판본을 한국어로 처음 번역한 책이에요. 유라시아 유목 민족 중 오구즈족에 전해지는 영웅서사시를 한국에 처음 소개하게 되어 매우 기쁩니다.

여러 판본 중 가장 최신 판본을 찾는 일, 원문의 오류를 찾아 수정하는 절차, 어느 하나 쉬운 일은 없었어요. 그 과정에서 특히 아제르바이잔 국립과학아카데미 아시아 연구소의 바르디르칸 아흐마도브(Bardirkhan Ahmadov)교수님의 도움이 매우 컸음을 밝히며 바르디르칸 아흐마도브 교수님에게 깊이 감사드립니다. 그러고 보면 이야기와 시는 여러 사람의 노력과 품으로 전해지고 있어요.

레일라 박사와 나는 열두 이야기 중에서 여섯 이야기를 선정했어요. 고르구드 아버지는 재미있게 이야기를 들려주는 이야기꾼이에요. 게다가 고르구드 아버지는 전통 악기인 고푸즈를 잘 연주하고 노래도 잘 부르는 멋진 분이에요.

오구즈족 역사와 삶의 모습을 잘 보여 주는 이야기를 선정하고 그중에서도 우리 친구들이 재미있게 읽을 이야기를 골랐답니다. 이야기의 순서도 책의 구성에 어울리게 조금 다르게 배치했어요. 거기에 서울대학교 방민호 교수님의 자세한 검토와 번역 검수로 정확성을 높였습니다. 함께 작업해 주신 레일라 박사와 방민호 교수님, 고맙습니다. 또 아제르바이잔 구전 동화, 『태양의 사랑』에 이어 이번 책에서도 출판비를 지원해 준 아제르바이잔 디아스포라 재단(Fund for Support to Azerbaijani Diaspora)의 아크람 압둘라예브(Akram Abdullayev)회장님에게 감사드립니다.

여섯 이야기 모두 인상적이지만 특히 「바사트가 외눈박이 테패괴쥐를 물리친 이야기」가 기억에 남아요. 외눈박이 테패괴쥐 이야기는 테패괴쥐가 어떻게 외눈을 가진 괴물 모습으로 태어났는지, 어떤 사연을 가졌는지 자세하게 묘사하며 이야기를 시작합니다. 나는 일이 벌어진 사정을 외면하지 않는 이야기 방식에 깊이 감명받았답니다.

여하간 이유는 궁금해하지 않고 일단 비난부터 시작하는 경우를 더러 목격했어요. 나도 모른 척, 못 본 척한 적이 있어요. 그때 왜 그랬을까 싶지만 돌이켜보니 그 하나하나에 용기가 필요했습니다. 물론 그렇다고 해서 외눈박이 테패괴쥐의 부적절하고 나쁜 행동들이 괜찮다는 말은 절대 아닙니다.

세심하게 생각하고 고민하면서 한 움큼의 용기를 낸다면 여러분은 이미 영웅입니다. 진실에 가까워지려는 노력이 모여서 역사가 되고 이야기가 되고 또 시가 된다고 생각해요. 고르구드 아버지가 들려주는 오구즈족 영웅서사시를 만나보세요. 초원을 달려 친구를 만나게 될 겁니다.

아, 저기, 초원에서 말 달리는 사람이 있어요.
손을 흔들고 있어요.

2025년 8월

유수진 작가

작가의 말

어린 독자 여러분.

나는 어린 시절 마음에 많은 꿈을 품었습니다. 하지만 꿈은 단숨에 이루어지지 않았어요. 그렇지만 나는 실망하지 않고 매일 작은 목표를 세워 한 걸음씩 전진하기 시작했습니다. 내가 태어나고 자란 아제르바이잔의 작은 농촌 마을은 경제적으로 풍족하지 않았어요. 조금 부족한 환경에서 공부했지만, 어쩐 일인지 배움에 대한 갈증만큼은 결코 메워지지 않았습니다.

그러던 중, 중학교 때 처음 『키타비 데데 고르구드』라는 서사시를 접했습니다. 그 책은 용감하고 지혜로운 영웅들의 이야기로 가득했습니다. 책에서 영웅들은 자신의 어려움을 이겨내고 멋지게 세상을 구했습니다. 그때 책을 읽으면서 한 가지 중요한 사실을 깨달았습니다. 어려운 상황 속에서도 용기를 잃지 않으면 결국 나도 영웅이 될 수 있다는 거였습니다.

이 영웅서사시 속 영웅들은 강하고 힘이 세지만 그것만이 그들의 장점인 것은 아닙니다. 그들은 정의를 지키고 공동체를 생각하며 상대방을 도와주는 마음을 가지고 있습니다. 이 이야기를 통해 우리는 진정한 영웅이 무엇인지, 어떻게 용기를 낼 수 있는지 배울 수 있습니다. 나아가 어려움을 함께 나누는 일이 얼마나 중요한지도 배울 수 있습니다.

특별한 능력을 가진 사람들만 영웅인 건 아닙니다. 영웅은 용기와 사랑으로 세상을 바꿀 수 있는 사람들입니다. 여러분도 이 책 속 영웅들처럼 어려운 상황에 맞설 수 있습니다. 다른 사람들을 도울 수 있는 용기와 지혜를 가질 수 있습니다. 여러분의 꿈은 언젠가 여러분의 힘으로 현실이 될 수 있을 것입니다.

이 책을 통해 아제르바이잔을 비롯한 투르크계 나라들의 문화와 전통을 함께 느낄 수 있었으면 좋겠습니다. 여러분도 이 책의 영웅들처럼 용기 있는 선택과 정의로운 행동으로 세상에 좋은 영향을 미칠 수 있는 영웅이 될 수 있습니다. 꿈꾸고 도전하고 그 꿈을 이루세요. 여러분의 여정은 이미 시작되었습니다.

끝으로, 지난해 출간된 『태양의 사랑』과 마찬가지로 이번 책 역시 아제르바이잔 디아스포라 재단의 후원으로 세상에 나오게 되었습니다. 아이디어를 경청하고 방향을 제시해 주신 Akram Abdullayev 회장님께 깊이 감사드립니다.

또한 번역 과정에서 아제르바이잔어 자료를 아낌없이 제공해 주신 아제르바이잔 국립 아카데미의 Badirkhan Ahmadov 교수님, 바쿠 국립대학교의 Vagif Sultanli 교수님께도 마음을 담아 감사 인사를 전합니다. 난해한 어휘와 구절을 헤아리는 데 교수님들의 친절한 설명과 조언이 큰 힘이 되었습니다.

2025년 8월
레일라 박사

감수자의 말

놀랍다. 기이하면서도, 재미있고 아름다운 이야기들. 처음 보는 진귀한 보물 같은 이야기들. 여기 이 아제르바이잔 사람들의 옛날이야기 속에서 나는 한국인들과 마음 깊은 곳으로부터 서로 통하는 사랑을 느낀다. 우리에게도 아제르바이잔 사람들처럼 선녀가 나오는 이야기가 있고, 잃어버린 아이의 이야기가 있지 않았던가. 사랑과 이별, 싸움과 용서, 떠나고 돌아오는 이 드라마틱한 이야기들 속에는 투르크 사람들과 한국인의 마음이 하나로 만나는 맑은 연못이 숨어 있는 것도 같다. 그러나, 이 이야기들은 더 드넓고, 더 모험에 차 있고, 더 리드미컬한 노래를 품고 있지 않은가. 이것이 초원을 잃어버린 우리가 이 이야기들을 지금 꼭 읽어 우리의 일부로 삼아야 하는 이유다.

2025년 8월

방민호 교수

고르구드 아버지의 영웅서사시

2025년 8월 29일 초판 1쇄 펴냄

지은이	유수진, 마심리 레일라(Masimli Leyla)
펴낸이	김성규
편집	조혜주 최주연
감수	방민호
그림	라히마카늠 하즈예바(Rahimakhanim Hajiyeva)
디자인	신혜연
펴낸곳	걷는사람
주소	경기도 용인시 기흥구 동백중앙로 358-6, 7층 (본사)
	서울 마포구 월드컵로16길 51 서교자이빌 304호 (지사)
번호	031 281 2602 / 02 323 2602
등록	2016년 11월 18일 제25100-2016-000083호
ISBN	979-11-7501-005-5 03890

* 이 책은 아제르바이잔 디아스포라 재단의 지원을 받아 발간되었습니다.
(The book was published with the financial assistance of the Fund for Support to Azerbaijani Diaspora.)
* 이 책 내용의 전부 또는 일부를 재사용하려면 반드시 지은이와 출판사의 동의를 얻어야 합니다.
* 잘못된 책은 교환해 드립니다.